Fan
ファン文庫

しつけ屋美月の事件手帖

その飼い主、取扱い注意!?

著　相戸結衣

マイナビ出版

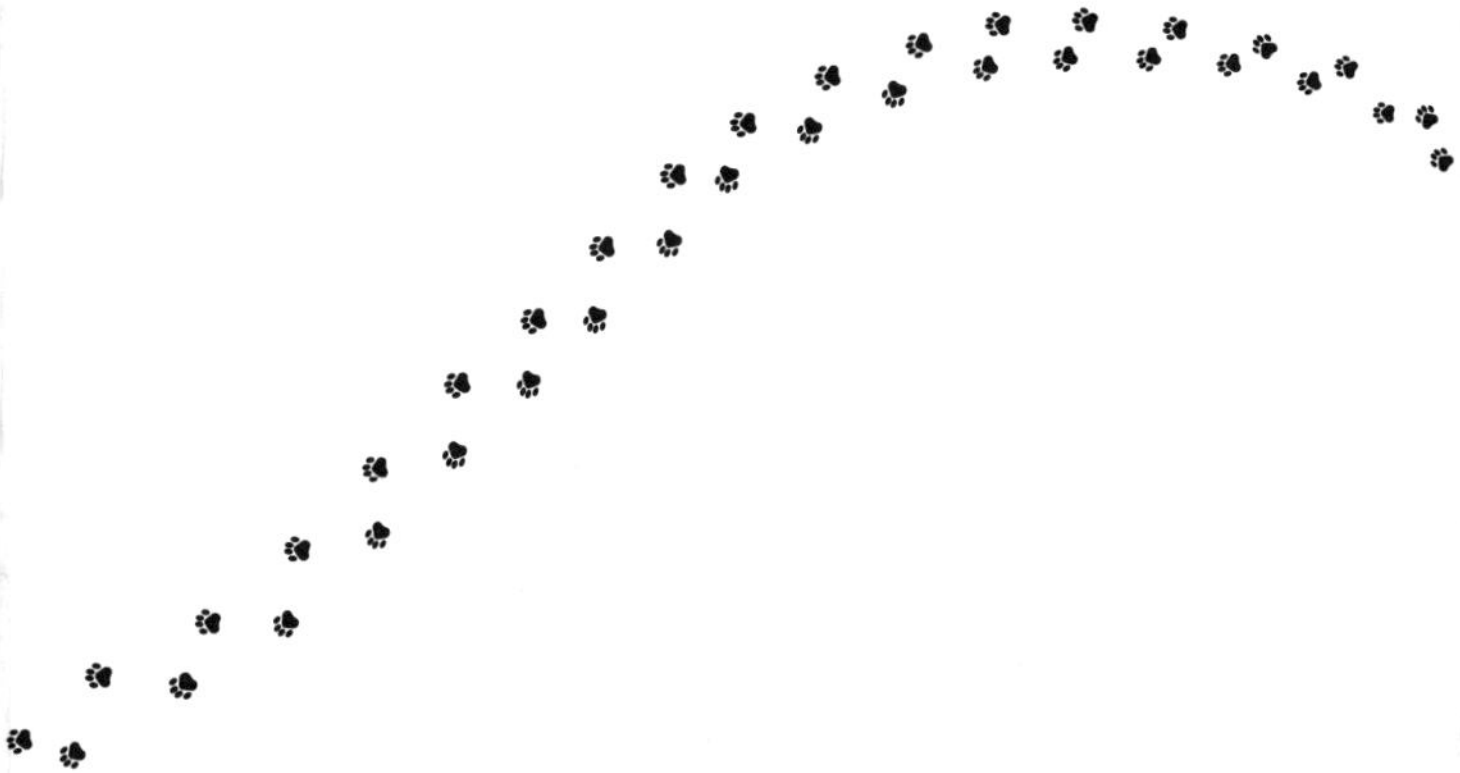

目次

イラスト…あんべよしろう

プロローグ

西木小井町《にしきごいちょう》のはずれにある田名子《たなご》公園は、〝愛犬を連れて遊べるスポット〟として人気がある。

歩道はやわらかなアスファルト。しかも断熱効果の高い素材を使っている。犬の負担にならないので安心して散歩させられるし、毒になるような植物は植えていない。広い芝生広場やドッグ・ランもあり、犬にやさしい公園なのだ。

木陰の芝生に腰を下ろし、うららかな春の匂いを楽しんでいた天野美月《あまのみづき》は、隣に座って携帯ゲームにいそしんでいる糸川宙《いとかわひろ》に耳打ちした。

「――親バカというのは、どうやら種族を超えて存在するものらしいぞ」

いまので気をそがれてしまったらしい。画面に『GAME　OVER』の文字が表示され、糸川は「ああー」とため息をつく。

「おまえ、ずいぶんはっきり言うな。人を見かけで判断してはいけないって、小学校のとき習わなかったか？」

「いいや、糸川。人間、見た目が八割だ」

五メートルほど離れた場所には、立ち話をしているマダム三人組がいた。

三人とも、年のころは五十代なかばといったところか。さっきから否応なしに、自慢話と大げさな称賛が耳に飛びこんでくる。

普段着にはおよそ向かない、モード系の派手なファッション。手に持っているバッグも、有名ブランドの大きなロゴマーク入りだ。

なんてわかりやすいマウンティングだろう。高価なもの、限定品を見せびらかすことで、相手よりも優位に立とうとする。

「このあいだオープンした美容室、行ってみた？」

「まだ行ってないの。かわいくスタイリングしてもらったわね」

「シャンプーとカットで八千円したけど、その価値はあったわ」

シャンプーとカットで八千円とは！

美月は、ざっくりと切りそろえられた自分の前髪に触れた。

もしもいま、財布の中に八千円あったなら。——肉。そうだ、肉が食べたい。カウンターで、回らない寿司を握ってもらうのもいい。中華もたまにはありだな。その前に、うまいビールを一杯。

けれど、彼女らが投資しているのは、どうやら自分自身にではないようだ。

芝の上には、ゴロゴロと転げてじゃれあっている二匹の犬がいる。

一匹は、しわだらけの平べったい顔をした、パグ。

もう一匹は、ぬいぐるみみたいにパフッとした白い毛の、ビション・フリーゼ。

どちらも小型の愛玩犬だが、遊び好きで活発だ。

周りには、ほかにもさまざまな種類の犬がいた。美月の隣でもまた、愛犬スピカが耳をだらりと垂らしながら、丸めた前足に顎をのせてまどろんでいる。

スピカは、満十歳になるビーグル系の雑種だ。体高は約三十センチ。毛色は黒、茶、白が混ざったハウンドカラー。大きな瞳とタレ耳がチャームポイントで、アメリカ発の有名な犬のキャラクターも、じつはビーグルがモデルである。

だが、これでもれっきとした猟犬だ。かつてはスピカも大変元気な——はっきりいえばテンションが高くてうるさい犬であった。

犬の十歳は高齢で、中型犬の場合、人間の年に換算すると約五十二歳である。ようやくスピカも、おっとりと老成してきた。

〝ろうせい〟なんてしつれいね。おとなになったと言ってちょうだい。

スピカが人間の言葉を話せたら、きっとそんなふうに怒るだろうけれど。

休日ということもあり、サッカーコート一面分はある芝生広場は満員御礼だった。親子でキャッチボールをしたり、フリスビーをしたり、レジャーシートを広げて寝そべったり、思い思いに休日を満喫している。

そんななか、声高に談笑している例のマダム三人組は、やはり目立っていた。

「昨日、この子のお洋服、五着も買っちゃって」

「素敵！　一点もの？」

「もちろんよ。この子にならいくらお金をかけても惜しくないわ」

「そうよね。だって、夫よりこの子のほうがかわいいし」

「食事も旦那と行くより楽しいし」

「私のことを一途に思ってくれるし」

「最高よね～！」

おほほほほほほほほ。

マダムたちの話題は、公園内にいる犬たちの品評会へと変わる。あの種類は流行遅れよね、とか、毛色がいまひとつ、とかいった具合に。

「あれって、雑種？」

好奇を含んだ視線を感じる。どうやらスピカのことを言っているらしい。

スピカは顔つきや色はビーグルそのものだが、短毛であるスタンダード型とは違い、毛足が長い。キャバリアの血あたりが混ざっているのだろう。ふさふさしたタレ耳は、そんじょそこらの犬とは別格のかわいさだ。

――おっと、自分も相当な親バカだったたか。

「いまはMIX《ミックス》犬とかいうらしいわよ」

「MIX犬？」

「ブリーダーが遊びで掛け合わせているのよ」

「いやだ、動物実験みたいじゃない」

「かわいそう！」

くすくす、くすくす。

愛犬をバカにされ、美月の中でマダムたちへのかすかな敵意が芽生える。

なにか誤解をしているようだが、原種のままの犬などいない。パグやビション・フリーゼも、〝純血種〟と呼ばれているが、愛玩用に改良されてきたものだ。

が、ここは大人になって、聞き流しておく。自分の家の子のかわいさは、自分だけが知っていればいい。

「ちょっと俺、こいつを走らせてくる」

隣にいた糸川が、立ち上がってジーンズについた芝を払った。耳に入ってくるマダムたちの甲高い声に、限界を感じたらしい。

「ジュピター！」

リードを引きながら糸川が呼ぶ。すると、木の陰から一匹のジャーマン・シェパードが顔を出した。

「ワオン！」

待ってました、と言わんばかりに、ジュピターはハッハッハッハッハと舌を出しながら糸川の足もとに寄ってきた。

シェパードの体高は約六十センチ、スピカの二倍だ。犬の祖先はやはりオオカミだったと納得できるほどの、精悍《せいかん》な顔立ちと眼光の鋭さ。警察犬の代名詞で、体格がよくパワーもあり、慎重かつ活動的な犬種だ。

周りの人も、「おお、シェパード！」「なにか事件か？」と興味津々で見ている。

「スピカも散歩させようぜ」

「いや、気にしないで行ってくれ」

「そうか？　まあ、今日の紫外線量は天野には毒だろうしな」

女の二十九歳。健康的な小麦色の肌、なんて気取っている余裕はない。ここ最近の陽気で、メラニン色素の沈着した肌は、ますます焦げつきそうになっていた。

糸川はニカッと笑い、「ジュピター、行くぞ」と声をかけた。

「ワオーン！」

百メートル走のスタートを切るように、ジュピターは勢いよく駆けだした。ビシッとリードが張られ、糸川は転げそうになる。

「ちょ！　待て！　落ち着け！」

シェパードは力が強く、利口だ。基本的にまじめで忠実な性質のため、きちんとトレーニングすれば、これほど頼りになるパートナーはいない。

——が、犬も人間と同様に〝個性〟がある。

このジュピターに限っては、スイッチが入ると、飼い主を差し置いてはしゃいでしまう癖があった。〝指示に従う〟ということを忘れて遊んでしまうのだ。

「うわあぁぁ————————！」

みるみる遠くに駆けていくひとりと一匹。長身だが線の細い糸川は、ジュピターに引っ張られるように走っていく。広場にいた人たちは、驚いて二方向に道を開けた。

やれやれ。どっちが飼い主なんだかわからないな。美月は苦笑しながら仰向けに寝転がった。

芝生の青いにおいが心地よい。

「――うちのビーナスちゃんは、本当におとなしくて賢いのよ。入院中もいい子だったって、先生が」

ふたたびマダムたちの会話が耳に入ってきた。姿は見えないが、もう一匹犬がいたようだ。

「耳のケガはもういいの？」

「ケガじゃなくて断耳《だんじ》。ピンと耳を立ててないと駄目だって、主人が言うから」

断耳――本来ならば垂れている犬の耳を、手術でカットして整形することがある。昔、犬の仕事が狩猟だったころ、噛《か》みつかれてケガをするのを防ぐという目的から始まった慣習だ。だが現在は、見た目を精悍にさせるため、というのが主な理由である。

美月としては、わざわざ犬に痛い思いをさせなくてもいいのに、と思うのだが、コンテストでは外見の規定もあるため、そこは飼い主の気持ちひとつというところだろう。

木陰で円陣を組んでいるマダムたちの脇には、ロマンティックなレースのついた犬用のカートが置いてあった。「ビーナスちゃん」と声をかけているところをみると、そこにいるのが例の断耳した犬らしい。

カートの中から顔を半分だけ出し、犬はじっと外を見つめている。テープで固定された耳は、まるで白いヘッドフォンをつけているようだ。

断耳をするということは、ミニチュア・ピンシャーかシュナウザー、テリアあたりか。まさか、活発でトレーニングの難しい、ドーベルマンなんてことはないだろう。

耳の整形中ということは、犬の月齢は二か月から一歳くらいだ。好奇心旺盛で遊びたいざかりの犬をカートでおとなしくさせていられるなんて、いったい普段、どんな訓練をしているのか。

美月は寝転がりながら、犬を観察する。

犬の視線は、芝生で遊ぶ人たちに注がれていた。耳がぴくぴく動いている。なにに反応しているのだろうか。

青空を背景にした空間に、円盤状のものが飛んでいる。

フリスビーだ。小学生の男の子と父親が、フリスビーで遊んでいる。どうやらビーナスちゃんは、動く円盤に興味津々らしい。

「すみませーん」

ピンク色のフリスビーが、マダムの足もとに落ちた。かぶっていた野球帽を脱いで、芝生の向こう側から男の子が頭を下げる。

マダムはフリスビーを拾い、「いくわよー」と勢いよく空に放った。

――目を刺すようなピンクが、青い空を横切った。まるで、なにかを警告するように。

そのとき、黒い塊がものすごいスピードで美月の脇を通り抜けた。

引き裂くような悲鳴が走る。体を起こすと、さっきまで犬が乗っていたカートは横倒しになり、タイヤが空回りしていた。

「大変だ！　犬が逃げたぞ！」

逃げたのは、カートに乗っていたさっきの犬か？

美月は目を細めて犬の姿を探した。あれは――。

「まさかのドーベルマンじゃないか！」

ドーベルマン――金持ちの屋敷で番犬として飼われているイメージの強い、見た目もこわい警備犬だ。あんな活動的な犬をカートに乗せておくなんて、飼い主は正気か!?

恐怖と興奮がほかの犬にも伝わり、あちこちでけたたましい吠えあいが始まる。

「助けてっ！」

ピンクのフリスビーをキャッチした小学生が、黒光りする犬に組み敷かれていた。

仔犬とはいえ、すでに中型犬並みの大きさだ。唸りながら子供にのしかかる姿は、まるで狩りをする獣である。一緒にいた子供の父親も、手を出せずにオロオロしていた。

「フリスビーを離せ！」

美月は少年に向かって叫んだ。小学生はフリスビーから手を離し、転がるようにして犬の下から逃げだした。噛まれたりはしていないようだが、相当ショックを受けているようだ。

「キャ――――！」

周りの大人が犬を捕獲しようとするが、ドーベルマンはフリスビーを取られると思ったのか、「ガウッ！」と牙をむいて威嚇する。

公園内はパニック状態だ。犬が落ち着くまで待ちたいところだが、ほかの犬を巻きこんでのケンカにもなりかねない。そうなれば警察が出動しての捕獲劇になり、大事《おおごと》になってしまう。あのマダムの犬がどうなろうと美月の知ったことではないが、居心地のいいこの公園が、あれこれ規制されてしまうのは非常に困る。

――仕方がない。

美月は持っていたバスケットに手を突っこんだ。片手で掴《つか》める細長い軸と、両サイドの丸みを帯びたフォルム。どんな犬でも一発で魅了する必殺アイテム、その名も『ワンちゃん大好きイヌのホネ』だ。

美月は予備のリードに、手早くイヌのホネを結び付けた。そして、これ以上犬を刺激しないように気をつけながら、ぎりぎりまで近づいた。

「ビーナス！」

犬笛を吹き、美月はドーベルマンの名前を呼んだ。自分の名前がわかるのだろう。フリスビーを咥えたまま、ビーナスは顔を上げてこっちを見た。

うまくいきますように！

タイミングを逃さず、美月はイヌのホネを空に放つ。空中で弧を描きながら、ホネはビーナスの目の前に落ちた。

本物ではなくゴム製のおもちゃだが、中にはおやつが入っていて、これを使うとたいていの犬は陥落する。案の定、ビーナスはフリスビーを離し、イヌのホネに飛びついた。

いまだ！

美月は一本釣りの要領で、リードを引いた。

「ウオン！」

逃げたホネを、ビーナスが追いかける。美月は先端にイヌのホネのついたリードを引きながら、全力で走った。これでも高校時代、短距離でインターハイに出た経験がある。

そのまま飼い主のそばまで誘導し、タイミングを見計らってリードを放した。ようやく手に入れたイヌのホネを、ビーナスは夢中でかじりだす。

「はやくリードをつけてください！」

美月は飼い主に向かって叫んだ。

呆然となりゆきを見ていた飼い主は、慌ててバッグからリードを取り出した。けれどビーナスは、手を伸ばしてきた飼い主に噛みつこうとする。一緒にいたパグとビション・フリーゼの飼い主も、自分の犬を守るので精一杯だ。

「む、無理よっ！」

威嚇されてひるむ飼い主を見て、美月は心の中で舌打ちした。

自分の手に負えない犬なら、公共の場に連れてくるなっ！

「アウン！」

そばにいたスピカがタイミングよく吠え、ドーベルマンは、はっと顔を上げた。美月はその隙に、ドーベルマンの首輪のうしろを摑む。ドーベルマンは暴れて逃げようとするが、こっちもプロだ。保定には慣れている。

「リードを早くっ！」

美月にサポートされながら、ようやく飼い主は首輪にリードのフックをつけることができた。周りで見ていた人たちが、「おおっ」と拍手する。

ビーナスの飼い主は、青ざめた顔をして、唇をわなわなと震わせていた。おそらく本人も、予想外のことにショックを受けているのだろう。

ところがビーナスの飼い主は、反省するどころか美月をにらみ、怒声をあげた。

「うちの子に変なものを食べさせないで！」

「はい？」

「……ビーナスはお利口なのよ。たまたま手術後で気が立っていただけで……それに、こんなところでフリスビーなんかやっているほうが悪いのよ。動くものに反応するのは、犬の本能でしょ！」

――ああ、〝親バカ〟ではなく〝バカ親〟のほうだったか。

使った道具をしまいながら、美月はなるべく冷静にたしなめた。

「ずっと様子を見ていましたけど、フリスビーの親子に落ち度はないですよ。リードをつけないで散歩するほうが条例違反なんです」

確かに祖先がオオカミである犬には、狩猟本能がある。だが、飼われている犬のほとんどは、伴侶動物として人間の生活に合うよう改良されてきた。そして人間社会で暮らしていくならば、当然、守るべきルールがある。

ただし重要なのは、犬ではなく、オーナーである人間の知識と自覚なのだが。

騒ぎを聞きつけて戻ってきた糸川が、ジュピターと一緒に美月の隣に立った。ジャーマン・シェパードは、その姿だけで相手を威圧する。

美月は足を開いて立ち、背筋を伸ばした。一五三センチと背は低いほうだが、こうすることで威厳が増す。

「あなたの犬は、きっと利口でしょう。ですがドーベルマンは、カートでおとなしくしているような犬種じゃありません。犬のしつけは飼い主の責任です。あなたはもっと犬の習性を学ぶべきです」

美月がそう言うと、ドーベルマンの飼い主はギリギリと唇を噛んだ。

「……なにを偉そうに。たかだか雑種の飼い主のくせに！」

理性の回路がブツリと切れた。こんな人間に、飼い主としての自覚を求めた自分がバカだった。

「悪いことは言わない。さっさとしつけ教室に連れていけ」

美月は右手の人さし指を飼い主に向けた。

「ただし、犬よりも、飼い主《おまえ》のしつけが必要だ！」

第1話

犬はかすがい

ピンクいろの花びらが、ひらひら、ひらひら、落ちてきます。

ぴょんとはねて、花びらをつかまえようとしました。けれど小さな花びらは、じょうずにわたしの手をすりぬけていきます。

パパとママはいま、おうちの中のダンボールをかたづけるのでおおいそがしです。パパのお休みが今日までだから、いそがないと、とママが言っていました。

あたらしいおうちは、みどりのにおいがして、広いしばふのにわがあって、わたしはとても気にいっています。

「ソラ、なにしてるの？」

おねえちゃんが言いました。

おねえちゃんは、木のいすにすわって、サンダルをはいた足をぶらぶらさせていました。

わたしはおねえちゃんのサンダルがだいすきで、おねえちゃんがいないときに、こっそりあそぶことがあります。そうするとママは「だめっ！」とこわいかおでおこります。

「ソラ、あたらしい学校で、おともだちができると思う？」

広いおにわのあるおうちはすてきです。けれど、そのためにおねえちゃんは、〝てんこう〟というのをすることになりました。

「クラスがえは三年生と五年生で、六年生はもちあがりなんだって。やだなあ。もうグループができちゃってるんだろうなあ」

おねえちゃんは、「女の子どうしのニンゲンカンケイってむずかしいから」と言いました。

だけど、わたしにはよくわかりません。

「そうだ、ソラ。さんぽに行こうか」

「ワン！（やったー！）」

　わたしはおそとに行くのがだいすきです。

　あたらしいおうちのそばには、きらきらした川と、しばふのこうえんがあります。

　おねえちゃんといっしょに〝ゆうほどう〟を歩いていると、「こんにちは」と声をかけられました。

　おだんご頭の女の子、それから、メガネをかけたくせっけの女の子がならんで立っています。

「わあ、かわいい！」

　おだんご頭の子が言いました。

「このワンちゃん、なんて名前？」

　メガネの子が聞きました。

「ソラっていうの」

　おねえちゃんがこたえると、「いいなあ、トイ・プードル」と、ふたりはきゃあきゃあはしゃぎます。

　おともだちはふたりとも、おねえちゃんがかようことになった小学校の、六年生なのだそうです。

おねえちゃんが「わたしもいっしょ！　このあいだひっこしてきたの」と言うと、「ほんとに!?」と、おともだちは目をまんまるくしました。

おだんごの子はユキナちゃん、メガネの子はサクラちゃんと言うそうです。

「犬、好きなの？」

わたしのほっぺをわしゃわしゃするユキナちゃんに、おねえちゃんが聞きました。

「わたしは犬が好きなんだけど、親がケッペキでさあ」

犬だけじゃなく、ほかのどうぶつもけぎらいしているのだ、とユキナちゃんはざんねんそうに言いました。

「うちのソラでよかったら、ときどきあそんでもいいよ」

「じゃあ、こんど〝ひみつの場所〟に招待するよ。あの山の途中にあるんだ」

ユキナちゃんはそう言って、川のむこうをゆびさしました。

しばらくいっしょにあそんだあと、「じゃあ、また学校でね」とバイバイしました。

「あたらしい学校に行くの、たのしみになっちゃった」

おねえちゃんは、とってもうれしそうに笑いました。

◇

美月は東普那町《ひがしふな》にある古いアパートに住んでいる。

築三十年。山を切り開いて土地を造成し、『東普那ニュータウン』と町の名前が決められたころに建てられた、由緒ある物件だ。

そんなふうに不動産屋から紹介されたが、ものは言いようである。当時は最先端の技術を駆使していたそうだが、いまでは〝ボロアパート〟という形容がふさわしい。

隣は大家の住んでいる一軒家だ。とても気さくな御隠居様である。動物好きで、このアパートも犬猫を飼うことが許されていた。家賃も破格。

だから、仕事場は線路を挟んだ向こう側の西木小井町にあるのだが、物件探しの折、美月は迷うことなくこのアパートを選んだ。

仏壇にある両親の遺影に手を合わせ、ご飯に梅干をのせてかきこむ。野菜不足は、ジュースで補充。愛犬スピカにはシニア用プレミアム・ドッグフードを与えているが、自分のメンテナンスはいささか適当だ。

軽くファンデーションを塗ってリップバームで唇に赤みをつけ、長い髪をひとつに結んでデニム生地のキャップをかぶる。美月の仕事は清潔感があれば十分で、過度な装飾は必要ない。

着古したジーンズと足に馴染んだスニーカーをはき、リュックを背負ってスピカのリードを握る。

「さて、出発しようか」

美月の職場は、犬の同伴が許されている。勤務は平日の八時半から十七時。ただし、日によっては早出もあり、残業や休日出勤も多い。

玄関を開けると、錆びた手すりの向こう側に、民家の屋根の連なりが見えた。視線を遠くに移すと、町を取り囲む要塞のような山がある。桜が咲きはじめているのだろう。淡い緑に、ところどころふんわりしたピンクが混ざっていた。

ここは本州北部の地方都市で、緑豊かな場所だ。夏は深い緑、秋は鮮やかな錦、そして冬になると、水墨画のような白と黒のコントラストが描かれる。山を切り開いて造成された住宅街は、坂が急で歩くのは大変だが、この景色だけは絶品だ。

美月は山と雲との境界線をしばし眺めたあと、大きく息を吸いこんだ。

さあ、今日も気合を入れて頑張るか。全力で生きることができるのは、ありがたいことなのだ。

歩くこと十分。鉄道南北線を西側に越えると、隣の西木小井町に出る。数年前、新しく駅ができたことにより、線路から西のエリアはあっという間に高級住宅街へと変貌した。

駅前通りにはおしゃれな外観の店が並び、周りを囲むようにして、一区画あたりの面積が広い住宅地がある。

小さな子供がいる家庭と、老後を静かに暮らしたいシニア世代をターゲットにして分譲したらしい。そのせいか、ペットとして犬を飼っている家も多い。

パン屋、花屋、オープンテラスのあるカフェ。街路樹の下を歩く人や、つながれている犬も、町の風景に溶けこんでいる。

茶色と白のかわいい外見をしたスピカは、子供たちに大人気だ。ご機嫌で散歩をしているスピカを見て、すれ違う人はみな笑顔になる。

メインストリートをひとつ裏に入ると、水色のマウンテンバイクを引いた高校生が眼鏡店の脇から出てきた。

「おはようございまーす」

「おはよう、少年」

美月が敬礼のポーズをとると、少年も同じように挨拶を返した。

「犬、撫でてもいいですか？」

「おう、いいぞ」

メガネをかけたさわやかな笑顔の高校生は、スピカの頭をひと撫ですると、「元気もらいました！」と言って、マウンテンバイクに乗って颯爽と走っていった。

西木小井町の端のほうまで行くと、やがて淡いクリーム色の壁と緑の切妻屋根が見えてくる。看板には犬のかわいいイラストが描かれ、骨をかたどったマークに青い文字で『ＳＴＥＬＬＡ』と記されていた。ここが美月の仕事場だ。

ステラというのは『星』の意味もあるが、なんということはない、経営者の名前が須寺《すてら》なのである。

駐車場側にある勝手口の鍵を開け、靴を履き替えて中に入る。そしてスピカを抱きかかえ、隣にあるシャンプー室へと向かった。

打ちっぱなしのコンクリートで覆われた部屋の端には、白い鉄製のサークルが置かれている。美月はそこにスピカを入れ、「あとで遊んでやるからな」と声をかけて頭を撫でた。

スピカは新しく入れてもらった水を舐めたあと、サークルの中をぐるぐると回った。

おしごとがんばってね！と、まるで美月を激励しているようだ。

『愛犬しつけ教室STELLA《ステラ》』は、仔犬《パピー》のしつけを行っている犬の学校である。

「――しつけ教室？　ダメ犬を教育するの？」

そんなふうに聞かれることも多い。テレビ番組で、「困った犬を、芸能人の○○がしつけます！」といったコーナーがあるせいだろう。

だがここは、問題行動を〝起こさないように〟仔犬のうちから人間との共存を学ばせることを目的としている。

排泄。無駄吠え。噛み癖。

仔犬のうちは、〝仕方がない〟で済むかもしれない。人間の子供だって、最初からおとなしくて手のかからない子なんて稀だ。

だが、そのまま放っておけば間違いなくトラブルへと発展する。犬との楽しい生活を送るためには、小さいうちから社会性を身につけることが肝要なのだ。

もちろん、大きくなってからのケアも万全だ。コンテストに出陣《しゅっちん》する犬の訓練も行うし、なにかのきっかけで問題行動が起きはじめた犬の矯正もする。

新興住宅街という土地事情や、核家族化した世の中でペットの地位が向上したことにより、STELLAはおかげさまで繁盛している。

「お～はよう～～」

のんびりしたテンポのしゃがれ声が裏口から聞こえた。オーナーの須寺が出勤してきたのだ。

「おはようございます、社長。今日はいちだんと派手なTシャツですね」

須寺はヤマブキ地に『絆』と書かれた、チャリティー番組の販促Tシャツを着ていた。

「犬が認識《にんすき》でぎんのは、黄色と青ぐれえだがら」

「なるほど、一応根拠があって着ているわけですか」

今年六十七歳になる須寺は、百六十センチ弱の小柄な老人で、耳と口が大きく面長である。やや類人猿寄りの顔立ちなので、自分でも「先祖はチンパンジーかもわがんね」と言って客を笑わせている。

東北訛《なま》りが強くユニークなキャラクターだが、須寺はこう見えて、著名な動物行動学の専門家だ。著書をいくつも出しており、少し前までは大学で非常勤講師をしたり、論文の査読もしていた。

が、いまは一線を退き、老後の道楽として『愛犬しつけ教室』を経営している。かわいい仔犬と戯れるだけで、気持ちが若返るらしい。

美月はここで、契約社員として働いている。須寺がマネジメントをし、ほとんどの実務は美月が引き受けていた。

長年〝社長〟という響きにあこがれがあったようで、唯一のスタッフである美月に「おれのことは、社長と呼んですけろ」と言う。スタッフはふたりしかいないが、あたたかい雰囲気で居心地のいい職場だ。

「さて、オープンの準備を始めますか」

須寺はメールや郵便物のチェックから、美月は掃除からスタートだ。

大きなガラス窓の向こう側には、コンクリートで固められた奥行き三間のテラスがある。犬たちを開放し、リードをつけずに自由に遊ばせられる、ドッグ・ランだ。

テラスの南側が店舗、北側は川、西側にあるのは道路と駐車場だ。東側は須寺の自宅になっている。隣接する民家がないので、犬が多少吠えてもさほど迷惑はかからない。完璧な布陣だ。

「今日は暑くなんべか」

本格的に暑くなるのはまだまだ先だが、四月も下旬となると、ときどき汗ばむくらいの陽気になる。

「オーニング張りますか？」

「んだねえ。犬たちがぶったおれたら大変《てぇへん》だ」

美月は可動式の庇《ひさし》を広げてテラスに陰をつくった。もうじきここは、元気に走り回る犬たちでいっぱいになる。


オープンの準備が整うと、今度はミーティングだ。

「天野さん、しつけ以外のアポイントはどんな具合《ぐええ》だ？」

「競技会に出る子の訓練が三件。それと、ここの卒業生のシリウスちゃんですね。なんでも、旦那さんに対して反抗的なのだとか」

美月は壁に貼られた生徒の出席表を見た。今日預かる予定の仔犬は十四。

けれど、ときどきスクールを卒業した子の訓練や、悩み相談を受けることもある。美月は仔犬のトレーニングのほかに、〝犬に関するしつけ相談〟も請け負っていた。

たとえば先日、「うちの子、自分の姿が鏡に映ると怯えるんです」と相談しに来た若い女性がいた。「自分のことを、いままで人間だと思いこんでいたみたいで。自分が犬だってことを受け入れられないようなんです」と言うのだ。

人類だって、はじめて鏡というものに遭遇したときはさぞかし驚いただろう。だが飼い主は本気で心配している。だから美月も、「では、鏡に慣れる練習をしてみましょうね」と大まじめに答える。

またあるときには、「僕のことが好きすぎて、足から離れようとしないんです」と嬉しがる中年男性がいた。まさか「犬は、臭い靴下が好きなんですよ」とは言えず、「別のおもちゃを与えてみましょう」と提案した。

我々が相手をしているのは、遊び盛りの小さな仔犬だ。が、真の顧客――お金を払ってくれるという意味でも――は飼い主なのである。犬の満足度よりも、飼い主を納得させるほうが重要だ。

犬が言いつけを守ることができたら、褒めて、褒めて、褒めまくる。ただし、飼い主にアピールすることも忘れない。

そして、不安な点があったら、些細なことでも親身になって相談に応じる。「それは困りましたね」とか「同じように悩まれている方は、いっぱいいますよ」などと言って、飼い主を安心させる。

つまり、犬についての悩みを聞きながら、飼い主の心のケアもしているのだ。

須寺はホワイトボードを確認し、ある時間帯にトンと指を置いた。

「ここさもう一匹、頼まれてけんねが？」

「大きい子ですか？」

「いんや、生後二か月のめんけえポメラニアン。このあいだ体験さ来た飼い主さんが、なんだかんだごしゃいでて」

「うわ、まだあの人、ごねてんのか」

ついいつもの口調で不満を漏らすと、須寺から「お客さんの前ではきちんとしてけろな」

とたしなめられた。

見学と体験に一度ずつ訪れたポメラニアンの飼い主は、犬のしつけをしたいという意思はあるのだが、どうしても妥協できない点があるらしい。

ひっかかっているのは、レッスンそのものや料金に対してではない。どうやら教室の隅に置かれたクレート——箱型の狭い檻《ハウス》で休ませるということに、納得できないようなのだ。

仔犬というのは、人間の子供と同じで、遊んだあとはぱたりと寝てしまう。その辺で寝かせてもいいのだが、訓練も兼ねているため、トレーニングメニューには「サークルまたはクレートでの昼寝」も組みこまれている。

が、広い庭や家の中で犬を飼うイメージがある人は、「こんな狭いところに閉じこめられてかわいそう」と言う。クレートはいわば、犬を持ち運ぶための入れ物なので、お仕置きでもされているように見えるらしい。

ペットホテルに預けるときや、動物病院に入院することになった場合、必ず小さな個室に入れられる。そのときに〝かわいそう〟な思いをさせずに済むようトレーニングしておくのだということを、なかなか理解してもらえないのだ。

「したら頼むわ」

「了解しました」

人間が犬に適切な世話をすれば、犬たちはこのうえない幸せを飼い主に与えてくれる。

犬を生かすも殺すも、飼っている人間次第だ。そして犬たちが幸せな生活を送るためには、まず人間サイドの知識と理解が必要だ。

そうこうしているうちに、本日のお客様がやってきた。

まずは近所に住んでいる、生後三か月のミニチュア・ダックスフンド。こちらのお宅は、先に飼っていた二匹の犬もSTELLAでトレーニングを受けている、常連さんだ。

「ようこそ、鷹橋《たかはし》様。アポロ、今日も元気だな」

「よろしくお願いします。今日のお弁当とおやつです」

品のよい中年女性が、キルティングの手提げバッグを美月に渡す。この中に、犬用のフードとおやつ、おもちゃ、好きなタオルやぬいぐるみ、それから家庭と教室との連絡帳が入っている。幼稚園の通園バッグさながらで、子育てを終えたお母さん方などには「懐かしいわね」と喜ばれることも多い。

「それではお預かりします。お迎えは、いつもどおり二時半でよろしいですか？」

「はい。アポロ、寂しいと思うけど、頑張ってね」

このしつけ教室では、週に二、三回、十時から十四時までのあいだ顧客の犬を預かり、トレーナーが訓練をしている。飼い主と離れることに慣れればお留守番もできるようになるのだが、どちらかというと飼い主のほうが、犬を置いていくのがつらいらしい。

駐車場では、須寺と若い男性客が立ち話をしていた。

「一か月前はあんなに臆病だったのに、いまはSTELLAでのトレーニングが大好きに

頭の中で反芻《はんすう》し、美月はなんとか笑顔をつくった。

「慣れると言ったのは、犬に我慢をさせるという意味ではないんです。そうですね……たとえば人間の幼稚園や小学校でも、子供たちは椅子に座るでしょう？　長い時間先生の話を聞かなくてはなりませんよね。それはかわいそうなことですか？」

「犬と人間を一緒にしないでください！」

ちょっと話が飛躍しすぎたか。再度頭の中を整理し、的確な例を構築する。

「幼稚園に入るのは三歳から五歳くらいですよね。保育士をしている知り合いがいるのですが、やはり子供というのは、長時間じっとしていられないそうです。じゃあどうするか。子供の興味をひく手を考えるわけです。紙芝居を見せたり、歌を歌わせたりとか。そうするうちに、〝幼稚園は楽しい場所だ〟とインプットされていきます」

美月はポメラニアンの喉をくりっと撫でた。

「檻の中でも、ワンちゃんが退屈しないようにおもちゃを与えたり、安心できるお気に入りのぬいぐるみを一緒に入れたりします。そうすれば、ここは楽しくて安心できる場所だと犬は学びます。それに、もともと犬というのは狭いところが好きなんですよ。犬の祖先であるオオカミは、洞穴で生活していたんですから」

けれど智実は納得しない。どうやら、本質は別のところにあるようだ。

美月はまず、相手の警戒をゆるめるところからやり直した。相手がこの調子では、いくら説明したところで、自分が批判されているとしか思わないだろう。

問診票によれば、年齢は四十を少し過ぎたあたりらしい。服装は派手ではない。化粧も最低限だ。ということは、勤めに出ていない主婦の可能性が高い。

「同居のご家族は、ご主人と息子さんですよね。お子さんはおいくつですか？」

「小学六年生です」

「小学六年生ですか」

相手の言葉を繰り返す。動作を合わせる。情報を共有する。

ミラーリングといって、相手と同じことをし、自分は味方ですよと思わせる手法だ。

そして、普段は誰が世話をしているのか、心配なことはどんなことかをゆっくり聞き出していく。会話の中で、突破口が見つかることもある。雑談力というのも、しつけ相談の大事な要素だ。

美月は、毎朝ＳＴＥＬＬＡの前を通っていく元気な小学生たちの話をした。

「西木小井小学校の子供たちは、礼儀正しいいし、みんな仲がいいですよね。息子さんは、学校ではどんな感じですか？」

すると智実は、ふっと表情をやわらげた。

「母親から言うのもなんですが、とてもやさしい子で。三年生のころからサッカーをしているんですけど、チームのみんなから好かれているみたい。そうそう、女の子にも人気があって、家に手紙が届くこともあります」

「それは自慢の息子さんですね」

「ええ」

「息子さんは犬に対して、どんな様子ですか？　かわいがっていますか？　それとも、節度を持って接していますか？」

　会話が少しのあいだ止まる。美月はじっと待った。これから出てくる言葉が、おそらく本質だ。

「とてもかわいがっています。それで息子が、犬を檻に閉じこめるのはかわいそうだって」

　――ビンゴ。

　このお母さんは、見学や体験に何度も通っている。こうしてしつけ相談にまで来るくらいだ。

　おそらく、彼女自身は犬のしつけの大事さをよくわかっている。だが、息子を納得させるほどの知識を持っていない――。

　美月は体を智実のほうに乗り出し、笑顔を向けた。

「かわいそうなことなんてないんですよ。はじめのうちはワンちゃんも怖いんです。クレートはサークルに比べたら狭いですが、ワンちゃんたちがいちばん落ち着ける自分だけのお部屋です。ちゃんとお留守番ができたら、『偉かったね、楽しかったね』と褒めてあげてください。そうすればワンちゃんも、『ここでおとなしくしていると、大好きな飼い主に喜んでもらえる』と学習します。そして、ここは安全で落ち着ける場所だと理解します」

　それから美月は、愛犬をきちんとしつけることで生じるメリットを智実に説明した。

ドッグ・カフェやペット同伴可の温泉に行くことなども可能になること。仕事や冠婚葬祭で家を空けなくてはならない場合、ホテルに預けてもおとなしく待てるようになること。ただし、犬自身がその場所を好きにならないと、ストレスを感じてしまうということ。犬のしつけというのは、決して人のわがままなどではなく、人間と犬が共存するうえで必要なルールを学ばせるものなのだ。

腕の中にいるポメラニアンは、大人たちの話に退屈したのか、うずうずしている。

「今日はドッグ・ランで遊ばせてみませんか？　大丈夫、私たちスタッフがきちんと見ていますから」

「……そうですね」

ポーラを抱いた智実を連れ、美月はテラスに出た。

飼い主は、おそるおそるポメラニアンを腕から離した。周りの犬たちが、「なんだ、新入りか」といった様子で近寄ってくる。やんちゃなタイプの犬は、須寺がさりげなく別の場所に誘導してくれた。

ポーラは最初、不安そうに智実の足もとにくっついていたが、美月がおもちゃをポンと投げると、しっぽを振りながら走っていった。

美月はしゃがんで、挨拶をしに来たほかの仔犬たちを撫でた。

「飼われているワンちゃんの中には、社会性を身につけることなく大きくなってしまう子もたくさんいます。自分の周りの狭い世界だけがすべてになってしまうんです」

美月の言葉に、智実は黙って耳を傾ける。

「でも、現代の日本社会で暮らすには、それでは都合が悪いのです。住宅事情も複雑ですからね。車の怖さを知らなくて、飛び出して轢《ひ》かれてしまうかわいそうな子もいます。家族以外の人間には、牙をむいて吠えかかる犬もいます。愛犬を守るためにも、しつけは大事なんです。犬がその家で幸せになれるかどうかは、飼い主さん次第です。だから、飼い主さんとその家族にも、ぜひ、犬との接し方について学んでもらいたいと思っています」

智実はようやく、納得がいったようだった。

「そうですね。この子のためにも、ちゃんとトレーニングを受けたほうがいいんですよね。私自身も、犬の習性を勉強しようと思います。そして夫や息子にも、世話を手伝ってもらいます。いいえ、やらせます！」

「それがいいと思いますよ」

きちんとしつけをしようとするのは、それだけ犬に対して愛情を持っているからだ。だが、そこに至るまで、飼い主自身にも葛藤があったはずだ。

たかが犬にそこまでする必要があるのかと言われ、迷う人もいる。

実際に飼いはじめてから、こんなはずじゃなかったと、自信をなくす人もいる。

だから美月は、飼い主の話を聞いて、悩みの根底にあるものを見抜き、不安を取り除いてあげる。それが結果的に、犬のためにもなるからだ。

テラスにあるドッグ・ランでは、大小さまざまな種類の犬が、はつらつと遊んでいた。

ポメラニアンのポーラも、すっかり慣れたようだ。

もちろん、最初からみんな、うまくいっていたわけではない。臆病な犬は外に出るまで時間がかかったし、積極的な犬は、はしゃぎすぎてほかの犬に迷惑をかけることもある。ケンカもする。遊びに夢中になって叱られることもある。

が、それは人も犬も同じ。いろんな経験をして、成長していくのだ。

こうして久我家のポーラは、週三回、STELLAのしつけ教室に通うことになった。

「いがった、いがった」

須寺は申込書を見てホクホクである。月謝が増えれば収入も増えるので、もちろん美月もホクホクだ。

夕方五時。後片付けを終え、スタッフ用のテーブルでひと息ついていると、積んであった広告が目に留まった。

「お、今日はビールとカップラーメンが安いのか」

西木小井駅前にあるスーパーは、帰宅途中にある。財布の中身を確認し、「いける」と美月は目を光らせた。ポーラによりボーナス的な収入も見込まれるし、少々財布の紐を緩めても問題ないだろう。

美月はスピカのリードを引きながらSTELLAをあとにする。

メインストリートの一本裏を南に向かって歩き、途中で『スバル動物病院』に寄った。

ここはスーパーの真向かいという、大変都合のいい場所にある。

美月は裏口に回り、チャイムを押した。インターフォンから「はーい」と声がする。

「『愛犬しつけ教室STELLA』の天野ですが」

ややあって、水色のユニフォームを着た背の高い男がにこにこしながら出てきた。

「やあ、天野、どうした？」

糸川宙である。彼はスバル動物病院に勤めている獣医師だ。

「糸川が出てきてくれてよかった。スバル院長だったらどうしようかと思った」

「窓から天野の姿が見えたからさ」

飼い主の足音を聞き分けて、玄関で出迎えてくれるワンコみたいだ。

「悪いが、十分ほどスピカを預かってもらえないだろうか」

「いいけど。買い物？」

「ああ。今日はビールとカップラーメンが安いらしい」

夕飯前の買い物ラッシュのころだろう。数量限定の商品ではなかったはずだが、売り切れていないか少々不安だ。家に戻っている時間などない。

手術中なら遠慮しておくが、糸川の服装からすると、緊急の患者はいないようだ。

「もうちょっと栄養のあるもの食えよなー。あ、ところで今日の夜、おまえんちの風呂借りに行っていい？　入院して様子見の犬がいて、泊まりなんだ」

「ならビールはケース買いでもいいな」

「え？　まさか俺が運ぶの？」

「スピカに背負わせて運べというのか？」

美月は糸川に、問答無用でスピカのリードを握らせた。

やる気をみなぎらせる美月を見て、糸川はため息をついた。

本日の戦利品はなかなかのものであった。

生ビールひとケース四千円。カップラーメン、一個六十円を保存食用に六個。卵ひとパック八十八円。ただしこれは賞味期限の関係でひとつのみ購入。缶詰、栄養ドリンクなどは、ナップサックに詰めこめるぎりぎりまで買った。

荷物を抱え、美月はホクホク顔でスバル動物病院へと向かう。

建物の裏に回ると、ひとりの中年男がヤンキー座りをしながら、スピカにお手をさせていた。院長の日戸《ひのと》昴《すばる》である。

「アウンッ」

飼い主の帰還に、スピカが喜んで吠えた。するとスバル院長は、おそろしく目つきの悪い三白眼で美月をにらんだ。どんなに図体の大きい犬でも、この目でにらまれたら、しっぽを丸めるという。

「うちは託犬所じゃねえぞ」

どうやら美月がしばしば犬を預けてスーパーへ行くので、ひとこと言ってやろうと待ちかまえていたようだ。

　けれど恐ろしい表情とはうらはらに、ごつい両手はスピカの首をわしわしと撫でていた。動物好きで腕もよいのだが、見た目と言葉遣いでだいぶ損をしている。穏やかで人懐っこい糸川とセットになってちょうどいい感じだ。

「これ、差し入れです」

　ナップサックの中を探り、栄養ドリンクを二本差し出した。今日は入院する犬がいて、泊まりだと糸川が言っていた。これは激励品である。

「そっちのカップラーメンもひとつ寄こせ」

「いや、これは明日の夜の……」

「あ？　俺には今日必要なんだ」

　無理が通れば、道理は引っこむ。スバル動物病院の院長は、無理を通す天才だ。

「金は払う。百円か？」

「六十円です」

　釣りはいらねえ、とスバル院長は百円玉を美月の手に握らせた。

　院長はその場で栄養ドリンクのキャップを開け、喉を鳴らしながら一気に飲んだ。

「ぷはあ、まずい」と言いながら口をぬぐい、「医者のはしくれなのに、こんなカフェイン液に頼らねばならないとはなあ」と嘆く。

　そして、病院には戻ろうとせず、スピカのふさふさしたタレ耳を持ち上げてウサギのようにしてみたり、前足を持ってうしろ足で歩かせたりした。

どうやらストレスがたまっていて、気分転換がしたいらしい。

「今日の入院患者なんだがなあ……」

聞いてもいないのに、スバル院長は唐突に話しはじめた。

「薬の誤飲だ。昏睡状態で運ばれてきて、胃洗浄して様子を見ているところだ。人間用の風邪薬なんだが、あれは砂糖でコーティングされているからうまいんだよ」

「多いですよね、最近。人間が薬を飲むところを見て、食べ物だと思うのでしょう」

拾い食いが癖になっている犬も多い。小さなおもちゃや害にならない食べ物ならまだいいが、タバコやボタン電池、尖ったものなどは犬の命に関わる。『愛犬しつけ教室STELLA』でも、十分注意するよう飼い主に呼びかけていた。

「まあ、それはいい。大事には至らなかったし、飼い主も以後、薬の管理には気をつけると言っていた。だが問題は体重だ。五十キロもある」

五十キロ！　成人した人間と変わらない。

「犬種はなんですか？」

「ラブラドール・レトリーバー、三歳のオス。飼い主は高齢者夫婦だ」

「それはまた……」

ラブラドール・レトリーバーは、盲導犬としても活躍する大型犬だ。性格はおとなしく、従順である。が、とにかく食欲旺盛で、餌を与えれば際限なく食べつづける。肥満になりやすい犬種の筆頭だ。

　とくに飼い主が高齢者の場合、甘やかすパターンが非常に多い。欲しがるだけフードを与え、チョコレートなど中毒になるもの以外の人間のおやつも「だって欲しがるから」とあげてしまう。

　そしてたいてい、飼い主自身が体力不足のため、大型犬に必要な量の散歩ができていない。その結果、犬の肥満率が跳ね上がる。

　標準体重は、体格にもよるが、オスだとせいぜい三十五キロ。五十キロというのは、相当重い。低カロリーのフードを使った食事療法が必須だが、それよりも大事なのは、飼い主の意識改革のほうである。

「飼い主のしつけが必要なパターンですか」

「まだ三歳だし、いま食生活を改善しとかないと、えらいことになる。明日退院だから、ちょっと指導してやってくれ。詳細は、あとで糸川に伝達させる」

「了解しました」

　こうして外部から依頼を受けることも、よくあることだった。ただし、〝厄介な客〟という条件つきで。

　今回も、状況によっては長期戦になりそうだ。

　夜、1Kのアパートでカップラーメンをすすっていると、窓の外からバイクが近づいてくる音がした。バイクはアパートの前で止まり、直後、部屋のチャイムが鳴った。

「おお、待ってたぞー」

部屋に入ってきたのは、ビールのケースを担いだ糸川だ。

「鍵くらいかけろよ。物騒だぞ」

「スピカがいるから大丈夫だ」

と言いつつ、スピカは夕飯を食べ終えて、すでに夢の中である。

糸川は玄関と続きになっているキッチンの冷蔵庫を開けると、運んできたビールを詰めはじめた。中型冷蔵庫の半分が、ビールで埋まる。

「あいかわらずわびしい食生活だなあ。野菜ジュースと梅干と卵だけじゃん。もっとどうにかしろよ」

「懐具合が寂しいのだ」

『愛犬しつけ教室STELLA』は、須寺が道楽でやっているので、さほど利益は重視していない。だから美月は、STELLAで犬のトレーニングやしつけ相談の仕事をする以外にも、『スバル動物病院』から依頼を受けたり、ペットシッターをしたり、雑誌の愛犬コラムに寄稿したりと副業をこなさなくてはならなかった。

「しゃーないな。これ、差し入れ」

「おおっ！」

西木小井駅前にある『焼き鳥BOMBER《ボンバー》』のジャンボねぎまではないか！　おまけに、

軟骨とつくねまで！

「糸川、おまえ、ハンティングした鳥を主人に届ける犬みたいだな」

「なんだそれ。ちなみに軍資金の半分は、スバル院長が出してくれたから。例の件よろしくな、だって」

そうであった。明日は肥満のラブラドール・レトリーバーの指導をしなくてはならないのだ。

卓袱台《ちゃぶだい》の向かいに腰を下ろし、糸川も一緒に焼き鳥をかじる。打ち合わせはたいてい、美月の部屋か駅前の焼き鳥屋だ。

糸川からの情報によると、飼い主は六十を過ぎた高齢の夫婦ということだった。

三年前に、西木小井町の一軒家を購入。その際、オスのラブラドール・レトリーバーを飼いはじめたそうだ。

ご主人は元教師で、地域住民との交友関係も良好。小学生の登下校に合わせて犬を散歩する『見守り隊』にも所属している。妻は専業主婦で、こちらも公民館でのサークル活動に精を出しているらしい。

「犬を溺愛しすぎて、甘やかしてしまったというパターンだな」

子供はすでに独立し、夫婦でセカンドライフを楽しんでいるのだろう。犬の肥満は、孫代わりに犬を育てているお年寄りの家では起こりがちだ。

一緒に焼き鳥を食べたあと、糸川は「ちょっと仮眠させて」と言って美月のベッドに横になった。

住宅街のど真ん中にある『スバル動物病院』は、小規模で診療スペースが狭い。そのため糸川は、泊まりで患者に付き添うときには、美月のところに風呂を借りにやってくる。

糸川は実家暮らしで、バイクで三十分かけて通勤している。ほんとうは職場の近くに部屋を借りたいらしいのだが、そうなると、スバル院長に二十四時間体制で仕事をさせられかねない。だから普段は通いで仕事をし、帰宅が面倒なときには美月のアパートで休憩するのだ。

もちろんそれなりの対価として、今日みたいに荷物を運んでもらったり、差し入れの食料を提供してもらったりする。持ちつ持たれつの関係だ。

「親父が、たまには遊びに来いってさ」

組んだ指を頭の下に置き、目をつぶりながら糸川は言った。

「訓練会では、よく会うのだがな」

糸川の実家は、隣町で警察犬の訓練所を経営している。

もともと親同士のつきあいがあり、美月と糸川は、物心がつくころからずっと一緒にいた。いわゆる、幼馴染みというやつだ。

美月はチェスト上に置かれた遺影に目を向ける。

七年前に亡くなった美月の両親は、糸川警察犬訓練所で災害救助犬の訓練士をしていた。

そのせいか美月も、昔から漠然と、犬に関わる仕事がしたいと思っていた。

そして美月は両親と同じ訓練士に、糸川は治療と予防を行う獣医師の道を選んだ。

高校を出たあと専門学校に通い、美月は糸川の実家で見習いとして働きはじめた。スピカと出会ったのもそのときだ。美月はスピカを災害救助犬として育てることに決めた。

自分で言うのもなんだが、わりと優秀なスタッフだったと思う。

美月の両親が土砂災害に巻きこまれて亡くなったときも、その後に起きた東日本大震災のときも、美月はスピカとともに救助活動に励んだ。

だが、やがて壁にぶつかった。

ひとつは、資金のことである。災害救助犬の仕事は、登録制のボランティアだ。報酬はない。

もうひとつは、非常事態が起きたときに、見捨てられる動物の命が多いという事実を知ったことだ。

災害などで家族を失ったとき、犬の命を救う唯一の手段は、新しい飼い主に引き取られることだ。けれど、きちんとしつけをされていないために、たくさんの犬が処分された。

――これが、現実だった。

両親と親交があった須寺が、西木小井町でしつけ教室を開業すると聞き、美月はトレーナーとして雇ってもらうことに決めた。西木小井町は新しい街なので、はじめて犬を飼う家も多いだろう。住人はどちらかというと富裕層なので、金銭的なメリットもある。

一匹でも、かわいそうな犬を減らすために。そしてお金を貯めて、いつか本格的に、災害救助犬の訓練士になるために、美月は新しい一歩を踏み出した。

自分は、目標に向かって、ちゃんと歩けているだろうか。

写真の中にいる両親は、静かにほほ笑むだけで、答えを教えてはくれない。


糸川の寝息が聞こえてきたので、部屋の明かりを消した。

美月は立ち上がり、キッチンに向かうと、三角コーナーに焼き鳥の串を突っこんだ。そして糸川が運んできてくれたビールを冷蔵庫から一本取り、プルタブを開けた。

「うわ、なんだ⁉」

しゅわわ、と泡があふれて手にかかる。まったく冷えていないじゃないか！

「おのれ、糸川ぁ！」

糸川は悪くない。夕方買ったビールがぬるいのは、考えればわかることだ。

「アウン？」

目を覚ましたスピカが足もとに寄ってきて、不思議そうな顔をした。

「ああ、いや、ただの八つ当たりだ」

仕方なく、そのままでぐいっと飲む。

ぬるいビールでも、まあまあおいしかった。けれど美月は「まずい」とスピカの前で演技をして、いかにも苦い薬を飲んでいるかのようにふるまった。

◇

翌日の夕方、美月は糸川にもらった地図を頼りに、西木小井町の住宅街を歩いていた。

西木小井町は、数年前に区画整理がされたばかりで道が広く、街並みも美しい。が、どの家も立派すぎて逆に区別がつかないという難点もある。

「……ここか？」

立派な数寄屋門の前に掲げられた表札には、『二《に》階堂《かいどう》』と書かれていた。ここもまた、堂々とした瓦屋根の平屋であった。土塀で囲まれていて中の様子はちらりとしか見えないが、塀の上から枝をのぞかせる大きな松はきれいに手入れされている。

ここが、昨日スバル動物病院から紹介のあったラブラドール・レトリーバーの家だろう。

美月はさきほど、退院の予定時刻に合わせて病院に出向いた。だが、到着したとき、すでに患者は退院したあとだった。

糸川は手を合わせて美月に平謝りした。

「退院後の注意事項と一緒に、犬の食生活について指導をすると言ってあったんだけど」

だが、「そんなものは要らん」と、飼い主は犬を連れて帰ってしまったそうなのだ。

支払いは現金一括。モンスター・オーナーにありがちな、値切り行為なども一切なかったらしい。が、医療明細をいちいちチェックし、「この項目はなんだ」とか「この薬はなぜ使わねばならないか」と根ほり葉ほり聞いていったそうだ。

美月はすうっと息を吸いこんでから、インターフォンのボタンを押した。

『——はい』

品のよさそうな女性の声がした。専業主婦歴四十年と聞いている、二階堂の妻だろう。

「こんにちは。ドッグ・トレーナーをしている天野と申します。スバル動物病院から依頼を受けて参りました」

『——少々お待ちくださいね』

意外にも、すんなりと対応してくれた。美月がここを訪ねてくる理由を、ちゃんと把握していたということだろうか。

すると乱暴に砂利を蹴散らす音がして、がらりと格子戸が開いた。そこには女性ではなく、作務衣姿の初老の男性が、草刈り鎌を持って立っていた。

「わざわざこんなところまで出向いてもらって、悪かったねえ」

いかつい顔の男性は、いかにもつくりものだとわかるような笑顔を浮かべた。

「退院後の指導を頼まれていたのですが、すれ違ってしまったようで。こちらこそすみません」

「時間があったから、早く迎えに行ったんだよ」

ご主人は、にこにこと笑顔を向ける。が、その目には、こちらを見下す雰囲気があった。

——なるほど、これは、ひと筋縄ではいかなさそうだ。

愛犬しつけ教室STELLAに通っている町内の奥様方からは、「犬の世話をよくやっているし、行事にも積極的に参加する、できたご主人」という評判だった。

きちんと手入れをされた庭。アイロンのかかった作務衣。――おそらく、体面を重んじるタイプなのだろう。

退院後の指導を無視したのも、金のかかることを嫌がっているわけではないらしい。ただ単に、自分の方針にケチをつけられたくなかったのだと予想される。

二階堂は「わざわざすみません」と言いつつも、戸を自分の身の幅までしか開けず、「ここは通さん」とばかりに立ちふさがっている。美月を家に招き入れるつもりはないらしい。

「うちの家内は粗忽《そこつ》ものでねえ。薬の管理をしっかりやらないんだよ。本当に、役に立たない奴で」

責任を妻に押しつける、亭主関白の典型。やはり〝できたご主人〟というのは表向きの顔か。こういうタイプは慎重に攻めなくてはならない。まず、本人の主張を否定するのはNGだ。

美月は背筋を伸ばし、にっこりほほ笑んだ。

「薬の誤飲はよくあることです。人間が飲んでいるのを見て、犬もなにかおいしそうなものを食べているな、と好奇心を持つのです。うちの犬も、私がビールを飲んでいると興味深げにのぞいてくるので、『まずい』と演技しています。賢いんですよ」

「ああ、犬は賢い。そのへんの人間よりもね」

「スバル動物病院の院長も、こちらのメテオくんはよくしつけのされた、おとなしい、いい子だと言っていました」

御仁の鋭い目つきがほんの少し和らいだ。犬を褒める。これは、警戒心を解く鉄則だ。

「盲導犬になれるくらい、利口で忠誠心の強い犬種だからね。もちろん、委託で訓練も受けさせたよ。ラブラドール・レトリーバーはなにもしなくても賢いと思われがちだが、しつけをしなければただのバカ犬だ」

「そうでしょうとも」

御仁は胸を張り、満足そうに笑った。

美月は、手に持っていた紙袋を胸もとの高さまで掲げた。

「今日お訪ねしたのは、ドッグフードのサンプルをお渡ししようと思ったからです。ご存じかと思いますが、ラブラドール・レトリーバーというのは、肥満になりやすい犬種なんです。人と同様、犬にも肥満によって起こる病気があります。糖尿病、それから関節の病気ですね。大型なので、犬が歩けなくなると、飼い主の負担は甚大です。こちらのダイエットフードは、病院からのお見舞いです」

支払うものは潔く支払った。ということは、納得すれば犬にかけるお金は惜しまないということだ。ただ、難しく説明しては駄目だ。理解できなかったことで、プライドが傷つくこともある。

「一日三五〇グラムを小分けにして与えてください」

フードの与え方を簡潔に説明し、「じゃあ、私はこれで」と美月は頭を下げた。

てっきりなにか勧誘でもされると警戒していたのだろう。ラブラドールの飼い主は、意外そうな顔をした。

最初は軽いジャブでとどめておくのがコツだ。ただ、布石を打つのは忘れない。

「そうそう、ご存じかと思いますが、散歩のコースは、しばらく平らな道を選んだほうがいいですよ。坂道や階段は、犬の負担になりますから。様子を見ながら、少しずつ距離を延ばしましょう」

「もちろん、気をつけている」

「さすがですね」

この年代の男性は、プライドを傷つけたら終わりである。元教師ならなおさらだ。

「じゃあ、なにかありましたら」

今日のところは、首尾はまずまずといったところか。

だが、ここからが本当の勝負である。飼い主自身はきちんと世話をしているつもりのようだが、結果、犬は肥満になってしまっている。

飼い主のやり方を否定せず、上手にこちらの方針に合うよう誘導すること。

こういうひと筋縄ではいかないタイプのほうが、美月は燃える。

◇

翌朝七時半、早めに出勤した美月は、スピカを連れてＳＴＥＬＬＡのテラスに出た。

北側のフェンスの向こうは、西木小井小学校の通学路になっている。七時半から八時までが登校時刻なので、いまの時間帯がいちばんにぎやかだ。

ランドセルを背負った子供たちに交じって、通勤するサラリーマンや、自転車の高校生も通っていく。また、子供たちの登下校に合わせて犬の散歩をする住人も多い。防犯対策の一環として、『見守り散歩隊』というボランティアを組織しているのだ。

やがて、大きな黒いラブラドール・レトリーバーがのっしのっしと歩いてくるのが見えた。傍らでリードを握っているのは、昨日の御仁である。

昨日は犬を見ることはできなかったが、これはすごい。たぷたぷと揺れる腹。足への負担は相当だろう。標準体重を十キロ以上オーバーしたずんぐり体型の黒い犬は、歩くスピードもゆっくりだ。

飼い主の御仁は、今日は作務衣ではなく、有名スポーツブランドのウェアを着ていた。地元野球チームのロゴマークのついた帽子をかぶり、ビニール素材のマナーポーチ——犬の排泄物を入れる袋——を手に提げている。

何人かの小学生が、怖いもの見たさで犬の数メートルうしろをついて歩いていた。ラブラドール・レトリーバーは穏やかな性格をしているが、体が大きいので、犬に慣れていない人はやはり怖いらしい。

やがて日に焼けた男の子がやってきて、「わあ、ゴールデン・レトリーバーだ！」とはしゃいだ。

するとヽ犬のうしろにいた髪の長い女の子が、「これはラブラドール・レトリーバーじゃないかな。黒いし」と言った。もうひとり、メガネの子も、「〝ゴールデン〟っていうくらいだから、金色限定っぽいよね」と相槌を打つ。

正解だ。そしてラブラドールは短毛であるが、ゴールデンは毛足が長い。

「おまえら、犬に詳しいんだな」

男の子が言うと、髪の長い女の子が答えた。

「うん、いっぱい知っているよ。ラブラドール・レトリーバーはとっても頭がよくて、盲導犬や警察犬にもなるの。おじさん、この子なんて名前？」

「メテオだよ。三歳なんだけど、人間の年に換算すると、もう三十歳くらいになるんだよ」

「へー、大人なんだー」

犬が安全だとわかった途端、子供たちは質問を浴びせながら飼い主にまとわりついた。

御仁も昨日の態度とはうってかわり、始終ニコニコしながら小学生との会話を楽しんでいる。

「おはよー、サクラちゃん、陽華《はるか》ちゃん、ケンタくん。早く学校に行って、なわとびやろうよ。今日こそハヤブサ三十回飛ぶ！」

「ユキナちゃん、すごーい」

小学生の集団は、わあわあ盛りあがりながら走っていった。

テラスの前を通り過ぎるタイミングで、美月は二階堂に声をかけた。

「おはようございます」

二階堂は、怪訝そうに目を細めながらこっちを見た。それから「ああ、あんたか」とそっけなく答えた。

「二階堂さんも『見守り散歩隊』なんですか？」

糸川からすでに入手していた情報だったが、あらためて尋ねてみる。

「ああ。いままでは別のコースだったんだが、どうしても代わってほしいと頼まれてなあ」

「そうなんですか。この子のように迫力のある犬がいれば、不審者も近づかないですよね」

テラスに放していたビーグルのスピカが、メテオを見て「アウン！」と吠えた。だがメテオは、まったく動じない。

美月はスピカを抱き上げ、「私が飼っているスピカです。以前は災害救助犬だったんですよ」と紹介した。

「ほう」

二階堂はスピカの顔をのぞきこんだ。ボランティア活動に精を出していることもあり、働く犬というものに興味があるのだろう。

「この散歩コースはとてもよいと思います。平らだし、土の道なのでコンクリートよりも足腰に負担はかかりません。もう少し行った先の公園で水が飲めますよ」

「わかっておる」

「ご存じでしたか。さすがです」

　このあと、必ず御仁は公園へと向かうだろう。基本、まじめな飼い主なのだ。

「でも、ラブラドールの運動量を考えると、お年寄りには酷だよなあ。なにか、いいダイエット方法はないですかね？」

　犬のことに関しては、美月よりも須寺が詳しい。しかも定年退職してセカンドライフ真っ只中ということで、メテオの飼い主と立場が似ている。

「体さ負担をかけねえトレーニングだったら、水中歩行なんかもいいんでねえべか」

「うちに設備ないでしょう」

「ねえな」

　預かった犬たちは、持参したランチを食べ終えてお昼寝中である。そのあいだ須寺と美月は、せっせと連絡帳に今日の犬たちの様子を記入したり、ブログに写真をアップしたりする。

　しつけ教室の場合、最終的な結果よりも「今日はこれができるようになった」「こんな表情を見せてくれた」という日々の成長が、顧客の満足度につながるのだ。

「いわゆる『団塊の世代』っつのは、日本の高度経済成長期を支えだってプライドさあっからねえ。若い姉ちゃんにアドバイスなんかされでみろ？『おめえさ、なーにがわがる』って、むつけっぺよ」

確かに、ふてくされて今後一切のアドバイスを聞かなくなりそうだ。

「逆に、褒めれば調子さ乗って、なんでもホイホイやってくれっぺよ。天野さん、試しに『きゃー、すごーい』とかやってみればいいっちゃ」

「それは無理だ……」

トレーニングを任せてもらえたらベストだが、それは美月の欲であって、スバル院長から依頼された〝食生活についてのアドバイス〟とは別問題だ。

「まあでも、地道に頑張りますか」

なによりも、犬が幸せに暮らすことができるように。

◇

日曜日はSTELLAの休業日のため、美月は朝早く、スピカを連れて田名子公園のドッグ・ランを訪れた。

ここは市が管理している無料のスペースで、飼い主の自己責任のもと、柵で囲まれた広い芝生に犬を放し、自由に遊ばせることができる。

「おーい、天野ー」

手を振りながらやってきたのは、スバル動物病院の糸川だ。彼も毎週日曜日になると、愛犬ジュピターを連れてドッグ・ランにやってくる。

「どう、メテオの飼い主さんは攻略できた？」

「だいぶ壁はとれてきたのだがな。世間話をするのがせいぜいだ」

「けっこう難しいタイプだよね。うちに来るときも、院長の言うことは聞くけど、俺や看護スタッフの話は、適当に聞き流しているし」

どうやら糸川のことも、二階堂は下に見ているらしい。

災害救助犬をしていたスピカには一目置いているようだが、それはスピカに対してであって、トレーナーである美月には相変わらずの態度だ。

「根はいい人だと思うのだ。『見守り散歩隊』にも所属しているし、犬の負担にならないよう、平らな道を選んで散歩をしている。世話も毎日ご主人が自らしていて、犬や子供に対しての態度はやさしい」

ここ一週間、早朝に出勤して朝の散歩の様子を観察した。二階堂は、歩くペースの遅いメテオをせかすことなくつきあっているし、マナーも問題ない。

「草刈りや庭木の手入れも自分でやっている。治療に使った薬剤まで把握したいというほどの完璧主義だ。なんでも管理しないと気が済まない性格なのだろう。だから逆に、腑に落ちない」

ラブラドール・レトリーバーの習性、体質、かかりやすい病気などは、美月だけではなくスバル院長からも注意があったはずだ。

エサの量や薬を投与する時間など、決められたことは守るタイプだと思う。なのに最近、犬はますます太りはじめたような気がするのだ。

「オスだから妊娠ってこともないだろうし、ホルモン異常なのだろうか」

糸川も、うーん、と首をひねっている。

「俺もちょっと気になっていることがあって。二階堂さん、この一週間で二度もフードを買いに来たんだ。三キロ入っているから、一日三五〇グラムだとして、一袋で一週間はもつ。もちろんストックするのは問題ないんだけど、まさか低カロリーのフードだからって大量に与えてるんじゃないかと心配になって」

「ラブラドール・レトリーバーは大食いだからな。バケツいっぱいフードがあったとしても、なんの疑問も持たず、全部食べてしまう」

「あの食べっぷりを見て、あれ、今日はまだあげてなかったかな？　なーんて、飼い主が一日に何度もあげちゃってたりして」

「本当だな。って、ちょっと待て。まさか――」

――認知症？　糸川と目が合った。同じ単語が頭に浮かんだらしい。

二階堂は、まだ六十を少し過ぎたところで、高齢者と呼ぶには若い。

だが認知症というのは、環境が変わることで突然発症することもあるらしい。二階堂は長年務めていた教職を退き、新しい土地に引っ越してきた。町内の人たちと仲良くやっているようだが、生活の変化によるストレスはあっただろう。

「確認しなくてはなるまいな」

「俺も注意しておく」

「頼む」

かくして美月と糸川は、二階堂の見守り隊員になった。

「またフードを買いに来た!」

四日後、さっそく糸川から報告がきた。

メテオの飼い主に指示したのは、フードは一日三五〇グラムに抑えるということだ。あの御仁のことだから、三五〇グラムを正確に与えているはずである。

徒歩で来院するため、いちどに買うのは三キロ入りを一袋。成犬のラブラドール・レトリーバーなら約一週間分だ。

確かに、ストックのためという可能性もある。だが、十日で三度も買いに来るというのは、さすがに頻度が高い。

「やはり認知症なのか?」

ラブラドール・レトリーバーは食いしん坊なので、与えられた分はすべて食べる。「おなかがいっぱいになったから、あとで」ということをしない。

糸川の話によると、二階堂はフードを買うものの、あれ以来メテオを病院に連れてくることはないそうだ。朝の散歩のときに、美月が水中歩行の話をしたことがあったが、「ああ、そのうちな」と聞き流された。

プライドが邪魔をしているのか、それとも問題ないと思っているのか。だがあのままでは、確実にメテオには健康上の問題が起きる。

だが、他人がどこまで家庭の事情に介入してよいものか。

とりあえず、もう一度訪問して、真相を確かめるほかない。


『愛犬・フードダイアリー』と書かれたリーフレットを手に、翌日の夕方、美月は二階堂家へと向かった。

このリーフレットはカレンダー式で、いつどれくらい餌を与えたか、書きこめるようになっている。

犬をはじめて飼う人の場合、餌の量や与えるタイミングにも飼い主が神経質になることがある。「だいたいこれくらい」とか「犬の様子をみて」などと曖昧な説明をすると、「先生！　うちの子、具合が悪いかもしれません！　教えられたとおりに食べないんです！」と夜中に電話がかかってきたりするのだ。

なので、そういう神経質そうな飼い主には、あらかじめ食事の記録をつけてもらい、必要に応じてアドバイスをする。

数寄屋門の隣にあるインターフォンを押すと、今回は奥様が戸を開けてくれた。柔和な顔をした、品のよさそうな女性だ。

そういえば、いつも散歩に出てくるのはご主人のほうだ。奥様とはインターフォン越しに挨拶をしただけで、実際に顔を合わせるのははじめてである。

「すみません、主人は今日、町内会の会合に出かけていまして」

「知ってます」

「え？」

美月は「出がけにうちの社長がそんなことを言っていたので」と適当にごまかした。

今日の目的は、奥様にご主人の状況をそれとなく伝えることだ。世間話を交えながら、あくまでもそれとなく、「最近もの忘れが増えたのではないか」と。

犬の健康観察はこちらでもしてあげられるが、二階堂と生活しているのは奥様だ。もしかしたら、夫の異変に気づいているものの、誰にも相談できずに悩んでいるという可能性もある。

犬を救おうとするならば、まずは飼い主から。それが鉄則だ。

「どうぞ」と中に通された美月は、土塀で隠されていた庭の様子を見て驚愕した。

整然とした日本庭園を想像していたのだが、およそ似つかわしくない物体がそこにあったからだ。

プラスチック製の四角い水色のプール――魚の養殖に使う〝いけす〟のようなもの――が庭の一角を占拠し、妙な存在感を放っている。

「すみません、つかぬことをお伺いしますが、なんでしょうあれは」

美月が指さすほうを見て、奥様は困惑しながらため息をついた。

「なんでも、犬の負担を減らしながら運動させるのだと言って……」

「ああ、なるほど」

美月は先日、二階堂に須寺から教えられた水中歩行の話をした。

「設備が整っているセンターを紹介しましょうか」と伝えたのだが、場所が少々遠かったようで、自分で庭に作ってしまったらしい。

「温水まで出るんですよ。私が温泉旅行に誘っても『面倒くさい』って言うのに。犬には目がないっていうか、親バカというか」

プールの隣には、専用のボイラーまである。金と時間をたっぷり持っているシニア世代。その本気を、美月は少々侮っていた。

通された座敷からは、広いウッドデッキが見えた。傍らに大きな犬小屋があり、メテオがごろんと寝そべっている。

「夫が定年退職して三年になるんですけど、メテオの存在が私たちの癒しになっているんですよ」

薄紫色をした陶器茶碗に煎茶を注ぎながら、奥様はほほ笑んだ。

黒いカットソーにグレーのスカート。黒っぽい服を着るのは、メテオの毛が服についても目立たないから、という理由らしい。ご夫婦で犬をかわいがっているのだな、と美月はほっとする。

「毎日ご主人が散歩に連れていっていますよね。町内の『見守り散歩隊』にも参加されているようで、みなさん感謝しています」

「どうだか。外面はいいけれど、家ではなんにもしゃべらないんです。メテオが薬を間違って飲んだときも、『薬の扱いには注意しろ』って言うだけで。突然入院することになったというから『なにがあったの?』って聞いたら、『犬が薬を食べた』って。もうなにがなんだか」

ご主人はスバル動物病院で、処置の方法や経過について、細かく尋ねたということだった。だが妻には、詳しいことを伝えていないらしい。

それから奥様は、犬にはお金をかけるのに自分とは旅行のひとつもしてくれない、そもそも家を建てるときも、車を買うときも、相談なしにひとりで決めてしまった、と愚痴をこぼしはじめた。

庭にあったメテオ用のプールも、ご主人が勝手に作ってしまったらしい。旅行のことを相当根に持っているようで、「あのヘンテコなプールの代金で、ふたりで草津に一週間くらい行けたのに!」とだんだん怒りがエスカレートしてくる。

あのときも! このときも! うちの主人が! 勝手に!

『愛犬しつけ教室STELLA』でも、美月は飼い主の愚痴や悩みを聞くのがメインの仕事だ。だからこういう場面には慣れているが、さすがの美月も口を挟めないほどのヒートアップぶりである。

柔和な見た目とはうらはらに、おしゃべり好きなご婦人のようだ。ご主人が認知症を患っているかもしれないと忠告をしに来たのに、これでは本題に入れない。

メテオが誤飲した風邪薬も、ご主人がふたを開けたままテーブルに置きっぱなしにしていたのが原因らしかった。なのに本人は非を認めず、美月にも、「妻の薬の管理が」などと言っていた。

プライドが高く、亭主関白なタイプの夫。仕事をしていたうちはよかったが、退職して家にいるようになり、いろんなことを勝手にやりはじめた。それが奥様のストレスになっているらしい。

熟年夫婦にありがちな、蓄積した不満の噴出、というパターンか。

「ああ、ほらまた、メテオの餌をあげないで出かけてしまって」

奥様は立ち上がり、窓際に置かれていた収納ボックスのふたを開けた。そして、ドッグフードの大きな袋にジョッキサイズの計量カップを突っこむと、マジックで引かれたラインのところまで丁寧に量り、ステンレスの食器に入れた。

「メテオ、ごはんよ～」

「わふっ！」

――ん？

メテオは嬉しそうにフードの入った食器に顔を突っこみ、がつがつと食べはじめた。計量カップには黒いマジックで「1日4回」と大きく書かれている。

――一日、四回？

「あの、すみません。メテオのフードのことなのですが」

「主人は自分でやるからと言い張るんですけど、昼間はいつもやり忘れるんですよ。だから私がこうやって――」

奥様が最後まで言い終える前に、突然ふすまが開いた。

「なにを勝手なことをやっているんだ!」

怒り心頭といった表情で、帰宅したらしいご主人がどかどかと入ってくる。

「なにって、あなた、またメテオに餌をやり忘れたでしょう!」

奥様がそう言うと、ご主人は記憶の糸を手繰るように視線を斜め上に向けた。

「いや、朝はやったはずだ」

「ええ、朝はあげていましたよね。でも、昼の分は?」

「昼はやっていない。朝と夕方だけだ」

「ほらみなさい!」

「でも、一日三五〇グラムなんだ。俺はそれを計算して与えている」

「また変な言い訳をして。私が昼の二回分をあげているんですよ」

「なんだと!?」

それからふたりは、「食事の量は三五〇グラム!」だとか「一日四回!」だとかお互い言いはじめた。だが美月には、その会話がいまひとつ噛み合っていないように思えた。

「ああ! おまえとは話にならん! もう俺がやることには一切関わるな!」

ご主人が怒鳴ると、奥様もむきになって言い返す。

「あなたにすべて任せておいたら破産してしまいます！　メテオだって病気になってしまうわ。現に――」

「うるさい、うるさい、うるさい！」

「すぐそうやって怒鳴って済まそうとして！」

「――ちょっと待ってください！」

美月が慌ててあいだに入ったが、始まってしまった夫婦喧嘩は止まらない。

「おまえがしゃべりすぎるから、口が挟めないんだろう！」

「なんですって!?」

フードをすっかり食べ終えたメテオは、騒がしさなどものともせずに、ウッドデッキに寝そべっている。

美月は思った。犬のしつけよりも、夫婦の冷静な会話が必要だと――。

「まあ結局、ご主人が〝一日の分量を四回に分けて与える〟というつもりで書いていた計量カップの言葉を、奥さんのほうでは〝一日四回、三五〇グラムずつ与える〟と解釈してしまっていたわけだ」

「だからフードの消費量が多かったんだな」

美月の部屋で一杯やりながら、糸川に今回の顚末《てんまつ》を報告する。つまみは二階堂家の奥様から持たされた、キュウリの古漬けだ。

夫のほうは、自分が家にいるときは一日分のフードを四回に分けて与えるが、日中留守にするときは、朝晩の二回で済ますらしい。それを妻のほうは餌のやり忘れと勘違いし、追加で与えていた。しかも、一回に一日分の量を。

「確かに紛らわしい数字の書き方だったが、ひとこと言えば済む話なのに」

四分の一の量を、俺の代わりにメテオにあげてくれ。

たったそれだけのことなのに、なんて面倒なプライドだ。

キュウリをかじる美月の横で、糸川はスピカのむき出しの腹を撫でる。スピカは手足をだらりと伸ばし、されるがままだ。

「スピカは理想的な体型だな」

「ビーグル系も太りやすいからな。食事にはことのほか気を遣う」

「犬の食事は完璧なのに、飼い主自身は――」

胡坐《あぐら》の膝をゲシッと蹴りとばすと、糸川は黙った。

十日で三度も病院に買いに来たというドッグフードも、よくよく聞けば、一度目と三度目はご主人が来院し、二度目は奥様のようだった。どちらも『二階堂』なので、カルテには同一人物のように記されていたらしい。

「長年連れ添った夫婦だといっても、やはり言葉にしないと伝わらないものがあるんだな」

――キュウリのお礼に、犬と一緒に泊まれる宿でも紹介してやろうかな。

が、夫婦喧嘩は犬も食わないというから、余計なことは言わぬが吉か。

誤解も解け、いまごろはふたりと一匹で、のんびりとお茶でも啜《すす》っているかもしれない。

第2話

かわいい犬には旅をさせよ

わたしは、おとなりの家にすんでいるポメラニアンのポーラちゃんといっしょに、〝しつけきょうしつ〟にかようことになりました。

ステラ先生はやさしいけれど、ミヅキ先生はちょっぴりこわいです。

「近所づきあいはたいへんだけど、となりの久我さんがいい人でよかったわ」

ママは言います。おひっこしというのは、こどもも大人もたいへんみたいです。

ポーラちゃんのおうちには、おねえちゃんとおなじクラスのケンタくんがいます。

「PTA会長の八木沼《やぎぬま》さんは犬ぎらいで有名なの。正直肩身がせまかったから、五島《ごとう》さんがひっこしてきてくれて心強いわ」

そんなふうにケンタくんのママが言いました。ヤギヌママさんというのは、ユキナちゃんのおかあさんのことだと思います。町内には〝はばつ〟というのがあって、いろいろとたいへんなんだそうです。


大人たちはぴりぴりしていますが、こどもたちはとってもなかよしです。

おねえちゃんはときどき、ユキナちゃんとサクラちゃんから、〝ひみつのばしょ〟にしょうたいされます。山にのぼるとちゅうにある、小さな小屋です。

家のポストに〝しょうたいじょう〟がとどくと、おねえちゃんはとってもうれしそうにします。

〝ひみつのばしょ〟では、みんなでおかしを食べたり、ジュースをのんだり、おべんきょうをしたりします。わたしはおもちゃであそびながら、おりこうにまっています。うちのパパは〝びようし〟なので、おねえちゃんは、ユキナちゃんのかみを、かわいくゆってあげます。

男の子の話もしています。おねえちゃんもかみをいじるのがだいすきです。

でも、いいことばかりではありません。となりの家のケンタくんは、女子に人気があるそうです。

ある日、みんなで〝ひみつのばしょ〟にいるところを、ユキナちゃんのおかあさんにみつかってしまいました。

ユキナちゃんのおかあさんは、「犬なんてさわったら、アレルギーになるんだからね！」とみんなをしかりました。

そんなのは〝いいがかり〟です。おねえちゃんもケンタくんも、アレルギーなんてありませんから。


それからは、〝ひみつのばしょ〟は〝たちいりきんし〟になってしまいました。

うちのママはユキナちゃんのおかあさんから、「犬を人のうちに入れるなんて、なにをかんがえているんですか！」とものすごくおこられたそうです。

でも、おねえちゃんたちはあいかわらずなかよしで、夜のこうえんでこっそりあつまったりしています。

「ごめんね、うちの親、犬にカジョウハンノウするんだよね」

ユキナちゃんが、しょんぼりしながら言いました。

「あれはもう、アレルギーレベルだよね。ハルカちゃんだけでなく、ケンタくんちにも文句言うらしいから。気にしないほうがいいよ」

サクラちゃんがフォローをしてくれるけど、あんまりフォローになっていません。

「わたしたちは、ずっとともだちだよ」

ユキナちゃんの言葉を聞いたおねえちゃんは、「うん」とうなずきました。

おねえちゃんの目には、ちょっぴりなみだがうかんでいました。

◇

〝ビーグルを連れたお姉さんへ〟


いつものようにスピカを連れて仕事場に向かっていた美月は、西木小井駅の駐輪場の脇で、制服を着た男子高校生から手紙を渡された。

「お願いしますっ！」

「おい、ちょっと少年……」

高校生は、美月に手紙を渡すなり、自転車に乗って行ってしまった。

あの水色のマウンテンバイクには、見覚えがある。たしか彼は、この先にある『眼鏡店

Ｇｒａｎｚ《グランツ》』の息子だ。スピカを連れて店の前を通ると、必ず「犬、撫でていいですか」とほんわかした笑顔を向けてくる、感じのよい少年である。

それにしても、これは勧誘のチラシかなにかだろうか？　ときどき高校生が、自分らの出演するバンドや演劇の宣伝をしているのを見かける。

だが、『ビーグルを連れたお姉さんへ』と宛名があるのは、この手紙が不特定多数にあてられたものではないことを物語っていた。

美月は困惑しながら封を開けた。


――突然、こんな手紙を送ってしまってすみません。今日の夜八時、田名子公園のドッグ・ランまで来てもらえませんか。誰にも秘密でお願いします。


犬のしつけについての困りごとを聞くのは日常茶飯事だ。けれどあの子の家には、たしか犬はいなかったはず。

「スピカ、これはなんだろうな？」

七月下旬。朝もまだ早い時間だが、すでに暑さが増してきていて、スピカはヘッヘッヘッヘッと舌を出している。犬は皮膚で体温調節ができないので、こうして熱を逃がすのだ。

誰にも秘密で、夜の八時に来てください。

――まさかこれは、ラブレターというものか？　でも、高校生から？

犬を介して飼い主とコミュニケーションをとる。それは、思い人と接近するには有効な方法だ。もしかして、いつも犬を撫でたがるのは、そういう意図があったからなのか。

だが、解せぬ。なんで私に目をつけたのだ。

美月は、自分の格好をあらためて見る。はき心地はいいが、膝のあたりが白くなっているジーンズ。犬の毛がたくさんついた、紺色の半そでパーカー。髪の毛は肩甲骨までのロングだが、まったく手入れをしていないので、毛先が傷んでパサついている。

女子力はどこへ置いてきた？　そんなふうに糸川から笑われるほど、異性にモテる要素はない。

なにかの勧誘なら、まだ理解できる。通販とか起業セミナーとか、それか呪いとかチェーンメールのたぐいとか。恋愛がらみだとしても、婚活パーティーだのデート商法だのしか思い浮かばない。

しかし、どこをどうしたら、私が金を持っているカモに見えるのだ？　愛犬にはプレミアム・ドッグフードを食べさせているが、飼い主自身はカップラーメンで飢えをしのいでいるというのに。

「まあ、なんにしても、依頼があったら出向くのみだ」

美月はとりあえず、指定された時間に待ち合わせ場所に向かうことにした。

仕事を終え、スピカの散歩がてら北瀬川の河川敷を歩く。日中やかましかったセミの代わりに、いまはカエルの大合唱だ。

夏至を一か月ほど過ぎたこの時期は、夜の七時でもまだ明るい。日が落ち、アスファルトの熱もおさまった夜になって、ようやく犬の散歩にも出かけられるくらい空気が落ち着く。

スバル動物病院でも、犬の散歩は早朝と夜を推奨しているようだ。アスファルトではね返った熱をもろに食らい、熱中症になったり、足の裏を火傷したりして病院に連れてこられる犬があとを絶たないらしい。

田名子公園に着くと、女の子が三人、ベンチに並んで座っているのが見えた。足もとで、アプリコット色の小さなトイ・プードルがおすわりをしている。街灯がともっているとはいえ、人気《ひとけ》は少ない。こんな時間に女の子だけでいて大丈夫だろうか。

「陽華ちゃんとソラじゃないか」

公園にいたのは、STELLAに通っている犬と、その飼い主だった。

西木小井小学校の六年生で、父親は美容師、母親は専業主婦をしている。ひとりっ子で寂しいだろうと、春にこの町へ引っ越してきたのをきっかけに、トイ・プードルを飼いはじめたそうだ。

以前しつけ相談に来たポメラニアンの家がお隣で、家族ぐるみでつきあいがあるらしい。しつけ教室のある日は、母親同士が一緒に送り迎えをしている。

「もうだいぶ遅い時間だぞ？　おうちの人が心配しているんじゃないか？」

「…………」

美月の声に女の子三人はあわてて立ち上がった。そして、逃げるように公園を出ていった。

手紙に書かれていた時刻ちょうどに、ドッグ・ランに着く。少年はまだ来ていない。

そのとき、なにかを警戒するように、スピカが吠えだした。

「ワン！　ワン！　ワン！　ワン！」

スピカが一定の間隔で吠えるのは、不審な人間がいるということを教える警告《アラート》だ。

「誰かいるのか？」

「す、すみません……！　いま出ていきますので、どうか吠えないでください……！」

犬用の遊具の陰から、くぐもった男性の声がした。美月は警戒しながらも、スピカに「ヤメ」と指示を出した。

ミカン箱サイズのダンボールを抱えた丸メガネの中年男が、おずおずと出てくる。美月に手紙をくれた高校生ではない。

「あの……いつもこの犬を連れて、眼鏡店の前を通っていきますよね？」

男はそう言った。向こうは美月のことを知っているようだが、美月には心当たりがない。

「あなたは？」

「……眼鏡店Ｇｒａｎｚの店主です」

「……？」

やはり心当たりはない。眼鏡店の前は通勤ルートだが、カウンターにいるのは別の人物だ。このような白髪頭の中年男性なんていただろうか。

スピカの様子を注意深く観察する。なにか危険な空気を感じれば、必ずスピカは警報を鳴らしてくれる。だがスピカはしっぽを元気よく振りはじめた。危険はない、ということだ。

「私になにか用ですか？」

今朝手紙をくれたのは、いつも眼鏡店の裏から自転車を引いて出てくる高校生だ。そしてこの人は、眼鏡店の店主だという。

ということは、この人物に会わせるために、少年は美月を呼び出したと考えられる。

「あの……ちょっとお尋ねしたいことがありまして」

「私にお答えできることならば、なんなりと」

「これを拾ったのですが、どうしたらよいのでしょう……」

メガネの男は、持っていたダンボールを美月のほうに差し出した。

「危険なものではないですよね？」

「……ある意味危険なんです。ええ、私にとっては非常に……」

ミカン箱の中から、ゴソゴソという音が聞こえた。

「……怖がってしまうので、どうかそっと見てください」

店主がミカン箱のふたを少しだけ開ける。美月はもう一度スピカに「マテ」と指示を出し、静かに箱の奥をのぞいた。

くるんとした黒いビー玉が、ふたつ見えた。周りを縁取る茶色の毛が、ふるふると揺れている。

「チワワです……今朝、店の前に捨てられていました……」

チワワよりも弱々しい目が、メガネの向こうから哀願するように美月を見てきた。

とりあえず詳しい話は店でしましょうと、美月は『愛犬しつけ教室STELLA』にGranzの店主と仔犬を案内した。

男は、名を三条文哉《さんじょうふみや》といった。

「店の窓から、ビーグルを連れて歩くあなたの姿を、よく見かけていました。私の作業場は、眼鏡店の二階部分なので……一階店舗にはめったに下りないので、私のことはご存じなかったかもしれませんが……」

椅子に座りながら、男は手のひらで膝をこすっている。かなり緊張しているようだ。

「カウンターにいる男性が店主かと思っていました。申し訳ないです」

「いえ……店はほとんど義理の弟に任せていて、私はお客様にお茶出しをするくらいしか接客はしないので……」

店番をしているあの男も、偉そうに言えるほどの接客はしていないようだが。

眼鏡店Ｇｒａｎｚの評判は、ときどきメガネを使用する糸川からも聞いたことがあった。なんでも、店員のレンズに対する知識と技術がずば抜けており、手術用ゴーグルを直してもらったこともあるらしい。

「店員さんは、アメリカ帰りのイケメンだよ」

そんなことも、糸川は言っていた。

だが、メガネに対して相当なこだわりがあるらしく、以前美月が店の前を通りかかったときには、客と大喧嘩をしていた。

大丈夫なのか、この眼鏡店。同じ客商売をしている人間として心配になるほどの、態度の悪さだった。

スピカは三条を見て、嬉しそうにしっぽを振っている。犬は人間の何百倍もの聴覚と嗅覚を持っている。だから、眼鏡店の二階で仕事をしている三条の気配を思い出したのかもしれない。

「いつも店の前でスピカに声をかけてくれるマウンテンバイクの高校生がいるんですけど、彼は息子さんですか？」

「はい。犬が大好きなんです。昔から、犬を飼いたいと言っていました。……でも、あの店を開く前はアパート暮らしだったし、妻を亡くしてから、私のほうがどうにも生き物を飼うことに抵抗があって……」

ここでひとつ、三条家は父子家庭だという情報を得る。

「犬をかわいいと思う気持ちと、実際に飼うということは、まったく違いますからね」

「まさか、犬がこんなに危険だとは思っていませんでしたし……」

さっきから、危険、危険と言っているが、言葉とは裏腹に、三条は大事そうに仔犬の入ったダンボールを抱えている。

だいぶ緊張もほぐれてきたようで、三条は少しずつ事情を話しはじめた。

「朝、植木に水を撒くために外へ出たら、店の前にこの箱が置いてありまして……中にチワワが入っていました」

「店の前にダンボールが置いてあったのですか？」

「……正確には、入り口脇にある木の下です。シマトネリコの根もとに、紐で括りつけてありました」

ダンボールにはペットシーツと保冷剤が敷いてあり、小分けにした餌と、「どうかかわいがってあげてください」と書かれた手紙が添えてあったそうだ。

捨て犬だ。そう思った三条は、とりあえず店の二階に犬の入ったミカン箱を運んだ。そして仕事場の一角に柵をつくり、仔犬が落ち着くまでそこで保護しておこうと考えた。

犬はしばらくダンボールから出ずに震えていたが、柵の中でぴょんぴょん跳ねまわるまで、そう時間はかからなかった。

「……仔犬というのは危険です。かわいらしくて、まったく仕事が手につきませんでした」

ダンボールを開けてみると、敷かれたタオルの上で、チワワがプルプル震えていた。

──かわいい。

チョコレート色のロングコートチワワで、ピンと立った耳の周りにモフモフと毛が生えている。

チワワというのは成犬でも体重が三キロ程度にしかならない。が、この子はさらに小さい。おそらく生後六か月程度の仔犬だ。

こんなウルウルした瞳を持つ仔犬がダンボールに入れられていたら、美月でも絶対に連れて帰ってきてしまう。仕事だって手につかなくなるだろう。犬を保護してしまった三条の気持ちがよくわかる。

手を伸ばしてみると、チワワは「ひっ」と怯えるような仕草をした。だが、噛みついたり暴れたりはしなかった。

虐待された様子もない。そのような犬は人を怖がるのですぐにわかる。

そうなると、三条の言うような捨て犬ではなく、迷子である可能性も出てくる。

「もしかしたら迷子の犬を保護した誰かが、困って店の前に置いていったのかもしれません。眼鏡店の周辺に貼り紙をしてみましょう。スーパーの向かいにあるスバル動物病院でも協力してくれると思います。あそこの獣医師とは懇意にしておりますので」

「……ありがとうございます！　こんなにか弱い仔犬をダンボールに入れて置いていくなんて、まったくひどいものです……」

チワワの危険な魔力は、すっかり三条を虜にしてしまったようだ。

その場で警察と動物管理センターに連絡を入れ、チワワは飼い主が見つかるまで三条の自宅で保護することになった。

「いろいろやらねばならないことはあるのですが、まずは餌ですね」

すぐに飼い主が見つかればよいが、そうではない場合、待っているあいだに犬が体調を崩してしまうこともある。十分な餌を用意してあげなければならない。

チワワは体が小さいので、低血糖になりやすい。血液中の糖分が不足し、栄養失調になってしまうのだ。仔犬の場合、些細なことでも命に関わる。

「犬が入れられていたダンボールにも餌は入っていたようですが、これでは足りないですね。パピー用のサンプルがあるのでお分けしましょう。アレルギーが出ないかどうかだけチェックしていてください」

「トイレとかケージなんかも、どうしたらよいのか……」

「飼い主が見つかれば無駄になりますから、使っていないトイレトレーをしばらくお貸しします。ペットシーツはとりあえず三日分お渡ししますね」

「ありがとうございます！」

三条と同様、美月もチワワの〝かわいいマジック〟にかかってしまったらしい。気がついたら、あれもこれも必要だと、おやつやおもちゃまで紙袋に入れてしまっていた。

ＳＴＥＬＬＡで餌を食べさせたあと、犬用のバスケットにチワワを入れ、三条の自宅へ向かった。

『眼鏡店Ｇｒａｎｚ』は、ＳＴＥＬＬＡからは歩いて三分、駅前のメインストリートから一本裏に入った路地にひっそり建てられている。

店の西側にラウンジがあり、石畳の敷かれたテラスはぐるりと垣根で囲まれていた。犬の入った箱が置かれていたというシマトネリコの根もとは、路地からはちょうど見えない場所にある。

この場所に犬を置いていったのは、おそらく計算だろう。シマトネリコはずいぶんと葉を茂らせていて、昼でも天然の陰をつくってくれる。

ショーウインドウ越しに店の中が見えた。アンティークな飴色のカウンターのそばで、背の高い男がなにやら作業をしている。そうそう、あの黒メガネの男がいつも店番をしているのだった。

軽く頭を下げたが、フンとそっぽを向かれてしまった。やはり愛想のない男である。

煉瓦造りの店舗の脇に砂利の通路があり、そこから裏へ抜けることができた。洋館のような店舗とは違い、自宅は和風の一戸建てである。

「透也《とうや》も帰ってきているようですね。受験生なので、夏休み中も図書館に行ったり、学校の自習室で勉強したりしているんですよ」

玄関ポーチと二階の部屋に、明かりがついていた。台所の網戸の窓からは、おいしそうなにおいが漂ってくる。

三条が「ただいま」と声をかけると、「おかえり」と言いながら、ふわっとした髪の少年が二階から下りてきた。例の、美月に手紙をくれた高校生だ。

大きなべっこう柄のメガネをかけており、『北瀬高校』と書かれたジャージを着ている。ラフな格好をしていても、清潔感があり、さわやかだ。

「こんばんは。お父さんがお客さんを連れてくるなんて、めずらしいね」

今朝のことなどなかったように、透也は美月を見て言った。

「さっき、ドッグ・ランでうちのスピカが吠えかかってしまってね」

おかしいな、と思いつつ、透也の調子に合わせて美月も答えた。

「あれ、お父さん、なに持ってるの？」

透也の視線は、三条が持っているバスケットに注がれる。

「今朝、おまえが家を出ていったあと、店の前にダンボールが置かれていてね。中に犬が入っていたんだ」

「へえ、捨て犬かな？」

透也がバスケットを無邪気にのぞきこんだ。

「うわー、かわいい！　チワワだ！」

「どうやら迷子らしい。飼い主が見つかるまで、うちで預かることになったんだよ」

「ええ!?　ほんとに!?」

透也は目をキラキラと輝かせた。三条が言っていたように、犬が大好きなようだ。

が、美月はふたりの会話を聞いて、どこか違和感を覚えた。

「明日の朝、よかったら、うちに寄ってもらえませんか？　ひと晩過ごしたら、また聞きたいことも出てくると思いますし」

にこにこしながら父親のほうが言う。

「わかりました。明日の早朝、一緒に犬を散歩させましょう。今日はこの子も不安がっているだろうから、できるだけそっとしておいてくださいね。もし人を恋しがって鳴くようなら、そばにいてあげてもいいでしょう。それとチワワは体が小さいので、温度の変化には要注意です。出かけるときも、エアコンはつけたままにしたほうがいいですね」

「了解です！」

三条と透也は、美月に向かってビシッと敬礼した。

◇

「それのどこが怪しいんだ？」

カウンターで手羽先をかじりながら、糸川は首をかしげた。

仕事が終わっていったん家に帰ったのだが、どうしても気になることがあって、美月は糸川に話を聞いてもらいながら情報を整理することにした。

西木小井駅前にある焼き鳥ＢＯＭＢＥＲは、カウンター席に七人も座ればいっぱいになってしまう。今日はたまたま二席空いていたので、目の前で焼いてもらって一杯やろうということになった。

スタッフはふたりしかいないが、手際がいい。大将はてきぱきと焼き鳥の串をひっくり返し、若いほうがお通しを出し、ジョッキに生ビールを注いでくれる。

美月はお通しの枝豆を口に放りこんで、ビールを飲んだ。疲れた体がすっと冷える。

「どう考えても怪しいだろうが。だいたい、今朝の手紙はなんだったんだ？　犬のこと以外に、私に相談したいことってあるのか？」

今朝美月に手紙を渡してきたのは、三条の息子の透也だ。なのに待ち合わせ場所にあらわれたのは、仔犬を連れた眼鏡店の店主。

てっきり、拾った仔犬のことを相談したいのだと思っていたが、店の前に犬が置かれていたのは、透也が学校へ出かけたあとらしい。

さっきだって透也は、はじめて犬のことを知った、というようなリアクションをとっていた。しかも美月のことは知らぬふり。

いったいどういうことなのだ？

「おまえが最初に思ったように、ラブレターだったんじゃないのー？」

からかい口調で糸川が言った。ビールを飲みながら、美月は「ううむ」と首をかしげる。

「でも少年は、すっかり犬に夢中になってしまって、私に手紙を渡したことすら覚えていなかったようだぞ」

「あたりまえだろう。親がいる前で、ラブレターを出した相手に『読んでもらえましたか』なんて言えるか、普通。演技だろう、演技」

「演技か……」

たしかに三文芝居でも見ている気分だった。

糸川は、「大将、冷酒一本」とオーダーした。手拭いを額に巻いた大将は、ガラスのお猪口を黙ってふたつ置く。糸川はお猪口に日本酒を注ぎ、片方を美月に差し出した。

「では、あらためて乾杯しますか」

「なにに乾杯なのだ？」

「天野にモテ期が訪れたことに」

モテ期なのか、これは？

ヤモメの中年男性、さわやかな男子高校生、そして、かわいい仔犬。

「……解せぬ」

どうにも腑に落ちないが、とりあえずお猪口を持ってちょんと鳴らした。

◇

朝の散歩は父親の担当で、夜は涼しくなってから、透也がすることになったらしい。スピカを連れて眼鏡店に寄ると、スポーツウェアを着た三条が、リードをつけたチワワと一緒に出てきた。

「さあ、お散歩だよ、コッペ」

「コッペ？」

「コペルニクスから『コッペ』。透也と一緒に考えました」

コペルニクスは地動説を唱えた人物なんですよ、と三条は嬉しそうに説明してくれた。

いやいやいや、突っこみたいのはそこではない。名前を付けてしまうのは気が早いのではないか？　他人の犬かもしれないのに。

まあでも、いつまでも『仔犬』だの『チワワ』だのと呼んでいるのも不都合だったのだろう。『コッペ』と呼ばれた当のチワワも、それほど気にしてはいないようだ。

通りに出ると、通勤途中の住人と何度かすれ違った。そのたびに、チワワと一緒に、なぜか三条も身をすくませて立ち止まってしまう。

「最初のうちは抱っこして散歩しましょうか。犬というのは意外とデリケートなので、人や車に慣れていない場合は散歩を怖がってしまうんです」

「歩かせなくてもいいんですか？」

「散歩の目的は運動もですが、社会性を身につけるためでもあります。環境に慣れることが、最初のステップです。人間だって、はじめての場所は不安になるでしょう？」

まずは自分のテリトリーの周りから、そして少しずつ世界を広げていく。

「犬も人間も同じですか……」

三条はチワワを抱きあげ「大丈夫、一緒に頑張ろうね」と言った。

幼い子供がお気に入りのぬいぐるみを持ち歩くように、三条はコッペをぎゅうっと抱きしめながら歩く。

「そんなにしなくても、犬は逃げませんよ」

美月が笑うと、三条はチワワのふかふかの毛に顔をうずめた。

「……じつは私、対人恐怖症なんです」

三条の口調が、ショボショボと小さくなった。

オーナーなのに店のフロアにもほとんど顔を出さず、店舗の二階に引きこもっている。それは作業場の仕事が忙しいせいでもあるが、人に対して恐怖心を持っていることが大きな理由らしい。

「でも、私とは普通に話していますよね？　恐怖を持たれているとは感じませんが」

「コッペがいてくれるからです」

「――なるほど」

動物には癒しの力がある。医療や福祉、教育現場などで、アニマルセラピーが取り入れられることも多い。小さな体から発せられる体温や鼓動が、人を癒し、勇気づけてくれるのだろう。

遊歩道をしばらく歩いていると、チワワはじたばたともがいて、三条の腕から逃れようとした。

「コッペ、どうした？」

「歩きたくなったんじゃないですかね」

「……さっきまで怖がっていたのに？」

「チワワは臆病だけど、大胆なんですよ」

地面にそっとおろすと、あっちの草むらでにおいを嗅いだり、そっちの植えこみにオシッコをしたりしながら、チワワはジグザグと歩きはじめた。

「……最初はあんなに震えていたのに、ずいぶん誇らしげですね」

臆病で人を怖がっていたチワワ。だが、いまは好奇心でいっぱいらしい。

遊歩道の反対側から、大きな黒いラブラドール・レトリーバーが歩いてきた。二階堂家のメテオだ。

「おはようございます、二階堂さん」

リードを持っていた初老の男性は、「おはよう」と挨拶を返した。そのあと、「こちらは？」と三条を見た。

三条は、びくっと体をすくめる。対人恐怖症だというのは本当のことらしい。

するとチワワが、飼い主を守るように前へ進み出た。そして、自分より何倍も大きな体の犬に向かって「アン！　アン！」と果敢に吠えはじめた。

「す、すみません……！」

三条は慌ててチワワを抱きあげようとした。だが、メテオが近寄ってきたので、「ひいっ！」と飛びのいた。

ラブラドール・レトリーバーは、チワワのにおいをくんくん嗅いだあと、ふいっと背を向けた。

「アン！」

チワワは勝ち誇ったように甲高く吠えた。

「じゃあまた」と二階堂とメテオは、挨拶をして去っていく。三条は、へたりこむようにその場でしゃがんだ。どうやら、かなり神経を消耗したらしい。

「大丈夫ですか？　あの犬は、体は大きいですが、おとなしい子なんですよ」

チワワが心配そうに、三条のそばをうろうろする。

この小さな犬の目には、人間は巨大に映り、犬だって怪物に見えただろう。なのに、勇敢な態度で三条を守ろうとした。

どうやら三条の中でも、なにか化学反応が起きたようだ。

「これ以上コッペに守ってもらうわけにはいきません。私も頑張らなくては」

額に浮かぶ汗をぬぐいながら、三条はぽつりとつぶやいた。

夕方、仕事を終えて美月が『眼鏡店Ｇｒａｎｚ』に寄ると、チワワと透也が玄関先で震えていた。

「どうした？」

「天野さあん……」

チワワを抱え、透也は涙を浮かべた。

すると、玄関の奥からドタドタと乱暴な足音が聞こえて、いきなりガラッと扉が開いた。

「そんな犬、捨ててしまえっ!!」

透也とチワワは「ひっ」と肩をすくめる。

怒鳴ったのは、寝癖で頭をはねさせ、黒縁メガネをかけたスウェット姿の男であった。眼鏡店のカウンターにいつもいる、あの店員だ。

メガネの男は、胡散臭そうに美月をじろりと見た。

「あんた、誰」

「天野美月と申します。この先にある『愛犬しつけ教室STELLA』でドッグ・トレーナーをしています」

「ふうん。俺は天王寺《てんのうじ》一矢《かずや》だ。このふたりの親族で、眼鏡店の従業員をしている」

ふんぞり返って偉そうに男は言った。

天王寺はふたたび透也のほうを向く。透也は「ひゃっ」と怯えて美月の陰に隠れた。こんなしぐさは親子でそっくりだ。

「俺は居候の身だから、おまえらのやることに口出しする権利はない。が、やっていいことと悪いことがある。こいつのせいで、家の中はしっちゃかめっちゃかだ。そしてこともあろうに、俺が半年がかりで作りあげた3Dパズルを崩壊させやがった!」

天王寺がこぶしを震わせながら吠えた。

「だって天野さんが、そっとしておけって言うから〜」

透也が半べそになりながら反論した。だが、それがさらに天王寺の怒りに油を注ぐ結果となった。

「他人のせいにするのか、おまえはっ！」

「だって〜〜〜」

「だってじゃねえ！」

ガツンと怒鳴られ、透也はふたたび「ひいっ」と体をすくめる。この家でのしつけ役は、どうやらこの男の担当らしい。

「店長も店長だ。犬を飼うのは勝手だが、最低限の安全対策は必要だろうが。パズルは壊されてもまた組み立てられる。だが、犬が間違って飲みこんでしまったらどうするんだ？　パズルのピースならまだいい。家の中には、犬の命に関わる危険なものだってあるんだぞ。もしメガネのパーツを口にしたらどうする？　薬品を舐めたらどうする？」

態度と口調は乱暴だが、この男、客観的で常識的な考えを持っているようだ。

仔犬というのは、黙って寝てばかりいるわけじゃない。部屋の中で放っておけば、吠えながら走り回り、家具をぼろぼろにし、排泄物をその辺にまき散らす。

大事なものだって、犬はおもちゃだと思って破壊するかもしれない。とくに仔犬は警戒心など抱かずなんでも口にする。いや、成犬であろうが同じだ。先日薬を誤飲して動物病院に運びこまれたメテオのように、人の真似をして有毒なものを食べてしまうこともある。

「すみません。責任の一端は私にもあります。一時的な保護だと思って、説明不足な点もありました」

人の子供と一緒で、ちゃんとルールを教えていかないと、犬だって学ばない。誤飲が多いのも確かで、そこは人間側が気をつけるべきところだ。

美月が助け舟を出すと、透也はすがるように視線を向けてきた。

「教えれば、ちゃんとお利口にできる？」

「成犬になってからの矯正は努力がいるが、これくらいの月齢であれば、正しくしつければ問題行動は抑えられる」

透也の顔が、ぱあっと輝いた。

「お兄ちゃん、ちゃんとしつけられれば、この子を飼ってもいいよね！」

「だがおまえ、夏休みも学校に行くんだろう？　店長だって仕事がある。昼間はどうするんだ？」

「夏休み中は家で勉強する。どうせお盆になれば学校の自習室は閉まるし、コッペがいるから家はエアコンつけっぱなしだし」

「じゃあ、少しずつ留守番ができるように訓練していかないとだな」

犬を飼うことに反対していると思われた天王寺も、こころなしかうれしそうだ。

「僕、ホームセンターに行ってネットラックと結束バンドを買ってくる！　とりあえず柵を作ってコッペの居場所を作ってあげなきゃ！」

「足が滑らないように、敷物も必要だぞ。あとは犬用のベッドだな」

「わかった！」

――おいおいおいおい。

「待て！　早まるな！」

盛りあがるふたりを美月は止めた。

「訓練や仮のケージもいい。だが、このあとチワワの飼い主が名乗り出たら、いったいどうするつもりなんだ？」

透也は黙った。このまま引き取り手があらわれず、コッペが家族になる未来を想像していたらしい。

「水を差すようで申し訳ないが、たぶんこの子は、捨て犬ではなくただの迷子だ。いまごろきっと、飼い主が必死で捜していることだろう。警察と動物管理センターにも連絡をしてある。そのうち元の家に戻るはずだ」

透也はぎゅっとチワワを抱きしめる。その姿を見て、胸の奥がチクリと痛んだ。が、言うべきことは言わなくてはならない。

「親父さんもそうだが、情がわいてしまったら、万が一別れがきたときに相当なダメージを食らうぞ？　ほどほどに距離をとっておいたほうがいい」

するとと透也は、自信ありげに言った。

「大丈夫。絶対にコッペは、うちの子になる」

最初の違和感が、ふたたび頭をよぎる。この子の態度は、やはりどこか妙だった。

◇

今日はＳＴＥＬＬＡで、パピー・パーティーが行われている。

しつけ教室に通う犬とその飼い主たちが、ほかの犬と交流したり、家庭でのトレーニング法を学んだりするイベントだ。

「まずは右のうしろ足から、もみもみナデナデしてあげましょう。体に触れられるのに慣れていない子は、動物病院やトリミングに行ったとき、とっても困りますからね。はい、もみもみ〜ナデナデ〜」

教卓の上にのせられてモデルになっているのは、美月の愛犬スピカである。おとなしくて我慢強いため、こういうイベントのときは重宝する。

参加している飼い主さんは、美月とスピカの姿を真剣に見つめ、同じように自分の犬をナデナデしていた。須寺は生徒のあいだを巡回し、ひとりひとりにアドバイスをする。

「いい子いい子〜」

「気持ちいいねえ〜」

新米お父さん、お母さんの育児教室さながらだ。教室の中は、ほっこりした空気に満ちている。

対人恐怖症であるはずの三条文哉もまた、にこにこしながらコッペの体を撫でていた。周りにいるのが初対面の人たちであるにもかかわらず、怯えてはいないようだ。

コッペはというと、これまた堂々としたもので、おとなしく台の上で三条にナデナデしてもらっている。

「よしよし、コッペ、いい子でちゅね～」

三条の姿は、まるで赤ちゃんをあやすおじいちゃんだ。コッペは小さなしっぽをちぎれんばかりに振っている。

「それでは、犬たちを自由に遊ばせましょう。テラスへどうぞ」

今度は犬たちを囲んでの、飼い主同士の交流が始まる。

フゴフゴと鼻を鳴らしながら、ブルドッグがやってきた。三条の膝に手をかけ、「遊べ」と小さなしっぽを震わす。

「ひー！」

三条がひるんだとき、「アン！」と吠えながらコッペが走ってきた。

「アン！　アン！　アン！」

飼い主を守るように、コッペは自分よりも大きな犬に向かって果敢に吠える。

「すみませーん」

若い茶髪の男性が慌てて駆け寄ってきた。ブルドッグの飼い主だ。

「あ……大丈夫です。ちょっとびっくりしたもので……」

ブルドッグの飼い主は、首輪をつかんで「ダメ！」とたしなめた。三条も、興奮しているコッペをひょいと抱きあげる。

「ブルドッグ……はじめて実物を見ましたが、案外かわいいですね」

意外にも、三条のほうから相手に話しかけた。コッペは三条の腕の中で誇らしげにしている。

「見た目はこんなだけど、けっこう愛嬌があって人懐っこいんですよ。チワワちゃんですか、かわいいねえ。お父さんをびっくりさせてごめんね」

コッペは撫でてきた手のにおいを嗅ぎ、ぺろりと舐めた。ブルドッグの飼い主と三条は、顔を見合わせてにっこり笑った。

その後は緊張も解けたようで、三条は犬のしつけや困った癖などを、ほかの飼い主とも相談しはじめた。

「……すごいな」

犬を飼うことによって、人はこんなに変わるものなのか。

美月はあらためて、犬が伴侶動物と言われる所以を知ったような気がした。

仔犬が眼鏡店の前で見つかってから、十日が経った。すぐにでも飼い主があらわれると思ったが、情報も手がかりもなく、チワワはそのまま三条家で保護されている。

ある日の夕方、眼鏡店の前を通りかかると、二階にある作業場の明かりが消えていた。一階店舗のラウンジでは、常連らしきメガネの女の子と店員の天王寺が、なにやらいいムードで話をしている。

裏に回ると、先日まで雑草だらけだった自宅前の庭は、きれいに除草されて高麗芝《こうらい》まで植えられていた。縁側のそばで、三条がコッペと遊んでいる。

ときおりカメラを向けて写真を撮り、「ああ、またぶれた」と顔をしかめる。美月は笑いながら「こんばんは」と声をかけた。

「頼まれていた犬のおもちゃです」

「ああ、すみません」

灯された明かりは、縁側続きのリビングと、玄関先の小さなものだけだ。

「透也くんはまだ帰っていないのですか？」

毎朝スピカの頭を撫で、「元気もらいました！」とさわやかに自転車をこいでいく高校生。だが受験勉強のため、夏休み中は学校の自習室や図書館に行っているらしく、姿をあまり見かけない。

「友達はみんな予備校の夏期講習に行っているようですが、『問題集を片っ端から解くほうが安あがりだし効果もある』と言って、ひとりでコツコツ頑張っています」

「しっかりした子なんですね」

「しっかりしすぎていて、親のこっちが不甲斐なくなるくらいです」

縁側で遊んでいるコッペに、美月は持ってきた『ワンちゃん大好きイヌのホネ』を投げた。中におやつが入っている、STELLAでも大人気のゴム製のおもちゃだ。

仔犬はかじるのが大好きで、放っておくと家の中のあらゆるものを破壊してしまう。だから、噛んでいいおもちゃを与えて、しつけをする。

案の定、コッペは『イヌのホネ』に飛びかかる。夢中でかじりつき、興奮しすぎて目が飛び出しそうになっているのが、またかわいい。

三条はふたたびチワワにカメラを向けた。今度はちゃんと撮れたようで、満足そうにうなずいた。

「さて、そろそろおうちに入ろうか」

だが、コッペを抱きあげようとした三条に向かって、コッペはグルルと威嚇した。

「怒られてしまいました」

「食事中やおもちゃで遊んでいるとき、うっかり手を出すとガブッとやられますよ。こんな小さな犬でも、本気で噛んだときの威力はすごいですから」

「普段は手加減してるってことですね」

犬が家に来たことによる効果は絶大だったようで、最初のころと比べたら、三条はずいぶん普通に話せるようになった。朝の散歩も頑張っているらしい。

「……飼い主がこのまま見つからなかったら、この子はどうなるのでしょう？」

三条が美月に尋ねた。犬に情が移っていることは、わざわざ聞かなくてもわかる。

手放したくない。できればこのまま家族として迎えたい。

犬も人も、大事なのは相性だ。こんなふうに愛情を持って接してくれる飼い主のもとにいれば、犬だって幸せになれる。美月の目から見た三条とチワワは、最良のパートナーのように思えた。

「――コッペを拾ったとき、鑑識や衣服など、身元が判明するようなものをつけていませんでしたよね。それに、警察にも遺失物届は出されていないようです。通常、警察では犬を拾得物として二週間ほど保護したあと、管理センターに引き渡します。管理センターでも掲示板などで情報公開するのですが、それでも引き取り手がない場合、動物はおよそ一週間で殺処分となります。ですが、里親の希望があれば、その子は新しい家族のところへ行くことができます」

「はい。私も調べてみました」

コッペが『イヌのホネ』を咥えてきて、三条の足もとに落とした。三条はホネを拾い、芝生の真ん中にふたたびぽいっと投げてやる。

「アン！　アン！」とはしゃぎながら、仔犬はぴょんぴょことホネを取りに行った。

元気だなあ。どうやらチワワも、ここでの生活が気に入っているようだ。

「うちで……育ててもいいと思いますか？」

「飼育可能な環境であれば、いいと思いますよ」

美月が笑顔を向けると、三条はほっとしたように肩の力を抜いた。

「ただ、犬を飼うには手間とお金がかかります」

犬をかわいいと思う気持ちと、実際に飼うことは違う。そのことは、ドッグ・ランではじめて三条に会ったときにも告げていた。

「毎日の散歩は飼い主自身がやらなくてはいけません。トイレや留守番などのトレーニングをする必要もあります。予防接種は義務です。フィラリアの薬も毎年飲ませなければなりません。病気になれば、人と同じように病院に連れていくことになります。任意の保険に加入していない場合、治療費は高額になります」

「お金のことは、それほど問題ありません。手間だって、大変なのはいまだけでしょう。あとになればそれだって、楽しい思い出になるはずです」

三条は縁側に座って空を仰いだ。眼鏡店の屋根の隣に、白い三日月が浮かんでいる。

「……透也の母親――私の妻は、五年前に亡くなりました。それからずっと、透也にはたくさんの我慢をさせてきました。甘えたくても、甘えられない。私の対人恐怖症のせいで、家の中にしかいられない。そのうち我慢することに慣れて、つらいときや寂しいときも、透也は笑うようになりました」

そつのない完璧な息子を、ときどき遠く感じるのだと三条は言った。

「私は透也の思うようにさせてあげたい。欲しいものは欲しいと言ってほしいのです。でもあの子は、変に遠慮をしているみたいで……」

夏期講習も必要ない、突然犬を連れ帰っても、素直に喜んでくれる。でも、それが本心なのかどうか、自分にはわからない。

美月は、ずっと気になっていたことを三条に問うことにした。

「チワワが捨てられていたという日のことですが、じつは朝に、透也くんから『相談したいことがある』と書かれた手紙をもらっていました」

結局透也は、美月になにを相談したかったのか。美月がしっくりこないのはそこだ。

「三条さんはあの日、ダンボールに入った犬を見つけたのは、透也くんが家を出たあとだと言っていました。それが正しければ、透也くんは、夜までチワワのことは知らなかったはずです」

三条と一緒にチワワをここに連れてきたときも、透也は驚いたような顔をしていた。でも、その態度にも、美月は違和感を覚えていた。

「逆に、こうも考えられます。透也くんは、最初からチワワのことを知っていた。もしかしたら知り合いか誰かに頼まれて、犬を保護することになったとか。家庭の事情で犬を飼えなくなるケースは、たくさんあります」

だが父親は、生き物を飼うことに抵抗があるようだ。

「犬を飼いたい」と言いだせなかった透也は、父親が直接犬を拾うように仕向けた。かわいいチワワをひと目見てしまえば、手離せなくなってしまうに違いない。実際三条は、対人恐怖症を克服してしまうほどコッペに夢中になった。

透也は美月に、犬の飼い方についてのアドバイスをもらうつもりで手紙を出した。だが約束の時間に待ち合わせ場所に行くと、美月と自分の父親が一緒にいて、ドッグ・ランの中に入ることができなかった。なのでそのまま、様子をみることにした――。

「憶測の域は出ませんが、そこはいろいろと理由が思い浮かびます。でもひとつ、不可解なことがあります」

美月は丸メガネの男を見た。

「点と点が、どうしても結びつかない部分があるのです。無理やり解釈しようとすると、そこには笑えない茶番が存在することになる」

「おっしゃる意味が、よくわからないのですが……」

「あなたですよ、三条さん」

美月は足もとに駆け寄ってきたコッペを、ひょいっと抱きあげた。そして、両手でコッペの脇を支え、三条に向けて突き出した。

「あなたはどうして、あの日のあの時間、犬を連れて都合よくドッグ・ランにあらわれたのですか？」

◇

コッペが三条家にやってきて、ちょうど二週間目の夕方。美月は『愛犬しつけ教室STELLA』に三条透也を呼び出した。

テラスの見えるカウンセリング室の奥の席に美月、そして向かい側に透也が座る。

「スバル動物病院から連絡があって、チワワの身元が判明した」

透也は返事をしなかったが、その目にはあきらかな動揺が見えた。

「あのチワワは、先日までホームセンターで売られていた生体で、予防接種に来ていたそうだ。二週間前に飼い主が決まり、引き取られていったらしい」

美月は、一枚のラミネートされたPOPをテーブルの上に置く。

『ロングコートチワワ。ちょっぴり人見知りだけど、おてんばな女の子です☆』

そんな説明書きと、チワワのスナップ写真が貼ってある。耳もとの毛がふわっとしたチョコレート色で、コッペにそっくりだ。

透也はきょとんと首をかしげる。だが椅子の下では、つま先を床に押しつけ、かかとをせわしなく揺らしていた。無意識に自分の気持ちを落ち着けようとしているのだろう。

「きっと別の犬ですよ。血統書つきの犬なんか、ぜんぶ似たような外見じゃないですか」

ペットショップから買われていくチワワなんか、年間何十四もいる。この写真のチワワがコッペと同一だと言い切れる証拠はない。そう透也は反論した。けれどそこには、いつものような笑顔はない。

透也はテーブルの上に置いた手を握りしめている。目を下に向け、いろんなことをぐるぐると頭の中で考えているようだ。

「……天野さんの言うように、もしもペットショップで購入されたチワワなら、飼い主が二週間以上も放置しておくなんておかしいですよ。警察にも動物管理センターにも届けてあるし、町内のあちこちに貼り紙もした。でも誰も名乗り出ない。捜しに来ない飼い主のところより、うちにいたほうがコッペは幸せになれると思う」

「きみのお父さんはコッペにとってのベストな方法を考えたいと言っていた」

いちばんコッペをかわいがっていたのは父親のはずなのに、コッペを手放してもいいと思っているのだろうか。透也の目に、動揺が広がった。

「少年、そろそろ本当のことを言ったらどうだ」

透也の肩がぴくりと動いた。

「チワワは迷子でも、捨てられたのでもない。そのことは、きみがいちばんよく知っているのではないか?」

——チワワが捨て犬ではないということは、すぐにわかった。

はじめて会ったときも、チワワは人に触れることをそれほど嫌がっていなかった。たとえば暴力やネグレクトなどの虐待を受けてきた犬は、人間を怖がって触ることすらさせない。

しかもこのご時世、野良犬なんてよほどの山奥でないと存在しない。西木小井町のような高級住宅街をうろつく犬など、十中八九迷子だ。

動物愛護法も厳しくなっている。犬猫を捨てたときの罰則も厳しい。

「きみは、『相談に乗ってほしい』と書かれた手紙を、朝、私に渡してきた。ということは、その時点ではもう、犬のことを相談しようと決めていたのだ。おかしいだろう？　店先で父親が犬を見つけたのは、きみが家を出たあとだというのに。最初はきみが、父親に頼まれて手紙を渡しに来たのだと思った。が、父親から相談を受け、あらためてきみの家に行ったとき、きみはまるで、はじめてこの犬のことを知ったようなふるまいをした」

透也の言葉や行動には矛盾があった。だがそれだけでは、なにかを透也が企んでいるという証拠にはならなかった。

「親子ふたりで茶番を演じている可能性も考えた。偶然に仔犬を拾ったふりをして、動物関係の仕事をしている私から、飼育道具や餌をただで手に入れようという――」

「違います！」

透也は強く否定した。美月が父親までもを疑ったことに、憤りを感じているようだった。

「僕の言動のどこが不自然だったんですか？　偶然が重なっただけで、そこまで言われる筋合いはないと思うんですけど」

「たとえば……きみのお宅におじゃましたとき、きみは家でジャージを着ていた」

透也は、嘲《あざけ》るようなほほ笑みを浮かべた。

「誰だって、家でジャージくらい着るでしょう」

「市販のスポーツウェアならな。だがきみが着ていたのは、北瀬高校指定のものだ」

めずらしいな、と最初は思っただけだった。いつも美月が透也を見かけるときは、制服か、おしゃれな私服か、部活用であろうかっこいいスポーツウェアだったからだ。

北瀬高校は糸川の出身校で、進学率は高いが、はっきり言ってジャージはださい。

「あの日の朝、きみは制服で自転車に乗っていた。受験生だもんな。夏休み中も学校で自習をしていると、きみの父親も言っていた。では、なぜ夜には学校のジャージを着ていたのか。部活もとっくに引退しているはずなのに。答えは、汚れてもいい格好をする必要があったからだ」

透也からの返事はない。

「話を戻すが――ホームセンターの店員の話によると、あのチワワは、生後三か月くらいからショーウインドウで展示されていたそうだ。だがおなかを壊したり、結膜炎にかかったりして、奥に引っこめることが多かったらしい。そうこうしているうちに、買い手がつかないまま大きくなってしまった。そろそろペット用として販売するのは厳しいだろう。繁殖用としてブリーダーに引き取ってもらうか、処分するか。――そんなことを考えていたとき、顔馴染みの男子高校生が、犬を買いたいと言ってきたそうだ」

個人情報のため購入者の名前は伏せられたが、チョコレート色の、見た目とは違って気の強いチワワのことは、店員もよく覚えていた。

ホームセンターは、北瀬高校のすぐそばだ。高校生が、レジ打ちをしていることもある。少し前まで、透也もそこでアルバイトをしていたのだと、三条が言っていた。

透也は観念したように、組んだ手をテーブルの上に置いた。

「……まるでお父さんみたいだと思ったんです」

ショーケースの隅っこで、小さくなって震えるチワワ。その姿が、他人におびえて家の中に引きこもっている自分の父親と重なった。

透也はチワワのことが気になって、ときどき様子を見に行っていた。

ショーケースが空になっていれば、「売れたのだろうか」と不安になる。ふたたび姿をあらわせば、ほっとすると同時に、「このまま売れ残ったらどうなるのだろう」と心配にもなる。

〝あたらしい家族が決まりました〟

商談がまとまると、ショーウインドウにはそんなメッセージカードが貼られることになっていた。毎日毎日、ドキドキしながら、透也はチワワを見に行った。

最初は二十万円以上して手が出ないほどの金額だったけれど、月齢が上がるうちに価格はどんどん下がっていった。

だがある日、小学生の女の子が、チワワのケースを指さしているのが見えた。

「このワンちゃん、見せてもらっていいですか？」

「はい、いいですよ」

スタッフが渡した小さなチワワが、お団子頭の女の子の腕で震えている。

──あの子の、新しい家族になるのかな。

そんなふうに思ったら、胸が苦しくなった。

「このワンちゃん、飼いたいなあ」

女の子は目を輝かせた。が、一緒にいた友達が、「ユキナちゃんのお母さん、犬嫌いじゃん」と言って笑った。

「わかってるよ。大人になったら、自分のお金で買うもん」

女の子たちは「ワンちゃん、またね〜」と手を振りながら去っていった。透也はチワワが売れなかったことにほっとした。

親が犬嫌いだなんて、かわいそうに。うちと同じだな。

だが、次の瞬間気がついた。そうか、自分のお金で犬を買ってしまえばいいのだ。

アルバイト代やお年玉で、貯金はけっこうある。犬用のケージは高額だが、ネットラックと結束バンドで代用できるかもしれない。

透也はペットショップの店員に尋ねた。

「そのチワワ、商談中ってことにしてもらえませんか？」

毎日毎日、同じチワワを見に来る高校生。店員もどうやらピンときたようだ。

「とりあえず、三日間だけ商談中の札を貼っておくね」

そして三日後、透也は犬を買う決断をした。

「販売できるぎりぎりの月齢だったみたいで、タダみたいな値段まで下げてもらいました。でも事前に相談すれば、お父さんに駄目だと言われるかもしれない。だから最初は捨て犬を保護するかたちにして、愛着が湧いてから、ゆっくりと犬を飼う方向に誘導していけばいいと思いました」

透也は美月も巻きこみ、周りから固めることにした。

父親は、初対面の人には緊張して身構えてしまう。だが、眼鏡店の二階から、いつもスピカと透也のやりとりを見ていた。父親の中で美月は〝大丈夫な人〟とカテゴライズされていることも、透也は知っていた。

「そんなふうに回りくどいことをしなくても、ストレートに〝犬を飼いたい〟って言えばよかっただろうに。お父さんは、きみがチワワを自分のおこづかいで買おうとしていたことを知っていたぞ」

美月の言葉に、透也が「えっ」と目を丸くする。

「たとえインコやハムスターのような小動物であっても、未成年が保護者の同意なしに生体を購入することはできない。同居している叔父の天王寺さんは、苗字が違うので身内だと証明するのは手間がかかる」

「……じゃあ、誰が？」

「お父さんだ。あらかじめ、保護者の同意書を書いてくれていたんだよ」

「え!?」

美月は透也に笑顔を向けた。

「おまけに、仔犬の代金をほとんど負担してくれた。いくら売れ残りとはいえ、タダみたいな値段で販売することはない。ペットショップに表示されている値段は、犬の命の価値と、飼い主の覚悟を問う数字だ。愛護センターで行われる無料の譲渡会でも、スタッフがきちんと面談してから譲る」

「僕は、コッペを雑に扱ったりしません」

「――だからホームセンターのスタッフも、きみとお父さんに協力したのだと思うよ」

真相は、コッペのおもちゃを届けに行ったとき、三条から聞いていた。

透也が学校帰りに、いつもホームセンターに寄っていたこと。

自宅のパソコンで、犬の飼い方について調べていたこと。

誰かに手紙を書き、西木小井駅の自転車置き場でそれを渡したこと。

すべてを知ったうえで、三条は黙っていたのだ。透也が自分から、相談しに来てくれることを期待して。

コンコン、とカウンセリング室のドアがノックされる。入ってきたのは、コッペを抱いた三条だった。

三条は美月に向かって一礼すると、透也の隣のパイプ椅子に腰掛けた。コッペは透也の姿を見て、うれしそうにしっぽを振る。

三条はチワワを透也に差し出した。透也はおずおずと受け取った。チワワは透也の頬をぺろぺろぺろと舐める。犬は大好きな人に甘えるとき、こうして親愛の情を示すのだ。

透也はくしゃっと顔をゆがめた。

「わあん、コッペ～！　本当は、最初に会ったときから、大好きだったんだよ～！」

ようやく本音を打ち明けることができた透也を、三条と美月はにこにこと見守った。

◇

「ということで、めでたくコッペは三条家の犬と認定された。親父さんも仕事があるから、日中コッペはＳＴＥＬＬＡで預かり夕方送り届ける。どうだ糸川、見事なＷＩＮ－ＷＩＮだろう」

「おー、仕事が増えてよかったなー」

美月の部屋でくつろぎながら、ふたりと一匹で晩酌をする。手に持っているのは、お馴染み焼き鳥ＢＯＭＢＥＲのねぎまだ。

専用のベッドで眠りこけるスピカを見て、この子にもコッペのように愛くるしい仔犬時代があったんだよなあ、と美月は十年前のスピカに思いをはせた。

「天野がもらったラブレター事件、結局、ラブレターじゃなかったんだな」

「少年は、対人恐怖症の父親が外に出ていくとしたら、人の顔が見えなくなる夜の八時前後だと予測したらしい。ドッグ・ランの情報は、叔父の天王寺さんが教えたそうだ。あの店員も最初からわかっていたわけだ」

そして父親も、息子のそんな目論見などお見通しだった。芝居に乗るふりをして、いつ息子が本当のことを言い出すのかと、ずっと待っていた。

「天野は、ただ利用されていただけってことか。モテ期じゃなくて残念だったな」

「まあな。でも私は、不特定多数にモテたいとは思っていないぞ？　大事な誰かに好かれれば、それで十分だ」

「そんな相手はいまいるのか？」

「ああ、糸川と、スピカと、社長と……」

「……ふうん」

バイクのため、ノンアルコールを飲んでいるはずなのに、なぜか糸川の頬は赤かった。

第３話

連理の犬

ドーンと大きな音がして、よぞらにピカピカの花がさきました。

さっきからわたしは、音がするたびにびっくりして、おねえちゃんのひざにとびのっています。かみなりみたいな、大きな音はきらいです。

「ソラは花火がこわいのか？」

おとなりにすんでいるケンタくんが笑いました。でも、ポメラニアンのポーラちゃんも、大きな音はこわいみたいです。

今日は、わたしのうちとポーラちゃんのうちで、『タナゴこうえん』のハナビたいかいにきています。

「ケンタくんってやさしいよね。それに、ちょっとかっこいいし」

ときどきおへやの中で、おねえちゃんはこっそりわたしに言います。

学校でおねえちゃんがからかわれたりすると、「くだらねー」とケンタくんがまもってくれるそうです。

イヌをかっているどうし、〝なかまいしき〟があるのでしょう。

そんなことより、わたしはさっきから、おいしそうな、あまいにおいが気になってしかたがありません。

「クウ〜ン（見にいってみようよ）」

するとケンタくんが、「屋台にいこうぜ」とおねえちゃんをさそいました。

ヤタイでは、いろんな食べものをうっています。わたしはおねえちゃんのひざに手をのせて、「かって、かって、かって」とおねがいしました。

おねえちゃんは「ソラやポーラでも食べられるようなの、あるかな」と言いました。ケンタくんは「バナナなら食えるんじゃない？」とこたえました。

「あれ、ハルカちゃん？」

声がしたほうを見ると、ゆかたをきた女の子たちが、びっくりした顔でこっちを見ています。

「やだ、なんでケンタくんとー？」

せのたかい、カチューシャをつけた子が言いました。おねえちゃんは下をむきます。うしろには、頭をおだんごにした子と、メガネをかけた子がいます。おだんごの子はユキナちゃん、メガネの子はサクラちゃんです。

「親どうしで、ずっと前から決めてたんだよ」

ケンタくんが、めんどくさそうにこたえました。

「ふーん、ユキナちゃん、聞いた？　ハルカちゃん、わたしたちと遊ぶより、男子といっしょがいいんだって」

おねえちゃんは、下をむいて、まっ赤になっています。なにか言いたいけれど、言葉が出てこないみたいです。

「言いたいことがあるなら、はっきり言えば？」

ふとった子が、いじわるく言いました。

でも、そんなふうにつよく言われると、おねえちゃんはぎゃくに、なにも言えなくなってしまいます。

「みんな、行こう」

ユキナちゃんが言うと、ほかの女の子たちは、くすくす笑いながらせなかをむけました。

わたしはちょっと、ユキナちゃんに〝ふしんかん〟をもちました。

おねえちゃんは、さいしょ、ユキナちゃんたちといっしょにハナビたいかいに行くつもりでした。でも、ユキナちゃんのおかあさんが、「犬を飼っている子をさそうのはやめなさい」と言ったらしいのです。

おねえちゃんとケンタくんがいっしょにハナビたいかいに行ったといううわさが広まって、おねえちゃんは、なつやすみのプールも、としょかんも、だれにもさそってもらえなくなりました。

ケンタくんの言葉をかりれば、「くだらねー」話です。

でも、学校がはじまっても、おねえちゃんはときどき、あさにぐあいがわるくなって休んだりしています。

サクラちゃんはプリントをとどけにきてくれるけれど、ユキナちゃんは、さんぽのとちゅうでぐうぜん会っても〝むし〟します。

「なんでこうなったのかなあ」

そんなことを言うおねえちゃんを、わたしは「くうん」となぐさめます。

おねえちゃんのかなしそうなかおを見ると、わたしまでかなしくなってしまうのです。

◇

日曜日の朝は、田名子公園にあるドッグ・ランでスピカを遊ばせることにしている。

十歳のシニア犬とはいえ、やはり犬は走るのが大好きだ。好奇心も刺激されるらしく、風のにおいを嗅いだり、せせらぎの音を聞いたり、通りすがる人や犬の気配を感じたりと、目をキラキラさせながら、スピカは外での遊びを楽しむ。

走っている犬の姿は、とてもきれいだ。

しなやかに体をしならせ、四肢を弾ませて青々とした草の上を跳んでいく。ときおり急に方向を変え、ぴたりと立ち止まる。

なにを見ているのかと思えば、シロツメクサの花の上にとまっていたテントウムシだったり、地面を這うコオロギだったりする。

犬の知能は人間の五歳児くらいだというが、やはり行動も人間の子供みたいだ。

そのくせ、飼い主が声をかければそれまでの遊びをやめ、嬉しそうに駆け寄ってくる。

「スピカ！　おいで！」

「アウンッ！」

息を切らして見上げる顔は笑っているみたいで、こっちもつられてほほ笑んでしまう。

——恋人なんかいなくても、この子がずっといてくれたら、それでいい。

ペットと暮らすうちに、婚期を逃してしまう人も多いと聞く。気持ちはとてもわかる。こんなにも忠実で、自分だけを好きでいてくれる存在など、ほかにいない。

しばらくすると、耳をピンと立てた大きな犬がドッグ・ランにやってきた。ブラウンと黒の短い毛並み。がっしりした体。警察犬や麻薬探知犬として知られるシェパードだ。

「おはよう、天野〜」

シェパードがつけているのは、ハンドルという握り革がついている特殊なもので、訓練に用いられている首輪である。

「おはよう、糸川。ジュピター、今日もご機嫌だな」

美月は、膝に鼻をこすりつけて挨拶をしてきたジュピターの首をワシワシと撫でた。

天気のいい日曜日は、スバル動物病院の獣医師である糸川宙と愛犬ジュピターも、こうしてドッグ・ランにやってくる。

「スピカは今日も毛艶がいいな。それに比べて天野」

糸川は美月の頭をちょいちょいと指さした。

「おまえ、いくらなんでもそれはないだろう」

美月は言葉に詰まる。昨夜は髪を洗ったあとそのまま眠ってしまい、頭に大きくはねた寝癖がついていた。

「……休日なんだから、いいのだ」

「休日以外でも――」

「うるさいっ！」

美月は中指で、ビシッと糸川の額をはじいた。

「糸川、おまえもしつけが必要か？　女子に年齢と外見のことでとやかく言うのはご法度だろう！」

「女子？　どこにいるんだ？」

糸川は額を押さえながら、へらへらと美月をからかう。

「スピカ、イケ！」

「アウン！」

スピカに飛びつかれ、糸川は「わー！　すみません」と笑いながら降参した。

気持ちのよい青空が広がっている。木立を吹き抜ける風もさわやかだ。

「ジュピター、走ってきていいぞ」

リードを外すと、ジュピターはロケットダッシュで走っていった。まるでサーキットを走るオートレーサーだ。

「あの身体能力の高さは、シェパードの中でも断トツだろうな。いまさらだが、警察犬になれないのが残念だ」

シェパードの運動能力は非常に高い。オスは体も大きいので、リードをつけたまま全力で走られたら、人間のほうが引きずられてしまう。

「でも警察犬にとって、身体能力の高さは優先事項じゃないから。どっちかというと、訓練士《ハンドラー》の指示に従うことができるかどうかが重要」

「……致命的だな」

「ああ、致命的だ」

糸川家で生まれたジュピターは、三か月の仔犬のとき、いちど他の家に引き取られたことがある。が、半年後、相手先でうまく馴染めないということで返されてしまったのだ。シェパードというのは、もっとこう、凛とした精悍な犬種ではないのか？　こんなにハイテンションのシェパードは見たことがない。思っていたのと違った。それが、返却理由だったらしい。

ずいぶんと勝手な都合だが、今後十年以上育てていくのだから、相性というのは大事だ。糸川家も、問題のある犬として疎《うと》まれながら生きていくよりも、別の飼い主のもとで大切にされたほうがジュピターのためだと引きとりに応じた。

ただ、犬の性格は、生後六か月までにほぼ確定する。とくにシェパードは、幼少期の訓練が非常に大事だ。

警察犬としてのトレーニングはあきらめざるをえず、いまジュピターは、家庭犬として第二の人生を歩むべく、糸川に育てられている。

性格は決して悪くはない。どちらかというと、人懐っこくて調子がよく、ひょうきんだ。

「なにか、ジュピターの特技をいかせるものがあればな」

「特技ねえ」

「アニマルセラピーでもやらせてみたらどうだ」

「飼い主でさえ振り回されてるのに？」

「………」

人間と同様、犬にも向き不向きというものがある。


「喉がかわいたな」

九月に入り、暑さのピークは越えたが、まだまだ気温は高い。

糸川にスピカを見ていてもらい、飲み物でも買ってくるとするか。

ナップサックに入れていた財布を取ろうとして、美月はふと手を止めた。

「糸川、勝負をしよう」

ほかの犬たちはとっくに帰ってしまっていて、いまドッグ・ランにいるのは、スピカとジュピターだけだ。

「負けたほうが、ジュース奢《おご》りな」

「OK。絶対に勝つ」

糸川はニヤリと笑い、美月の挑戦を受けた。

勝負の方法は、犬の「マテ」競争だ。

犬の前におやつを置き、「マテ」と指示を出す。きちんとしつけをされた犬は、飼い主から「ヨシ」と言われるまで、決しておやつは食べない。

一方、競争相手は、あらゆる手段を使って犬を動かそうとする。飼い主の声色を真似て「ヨシ」と言ってもいい。おもちゃを使って気をそらすのもいい。

飼い主が号令を出すまで動かないでいられるか。そんな我慢強さを競う勝負だ。

まずは糸川が、スピカに「ヨシ！」と号令をかけた。けれどスピカは動じない。ジュピターは物欲しげに見ているが、糸川がふたたび「マテ」と目を合わせながら命令すると、シャキッと背筋を伸ばした。

美月はナップサックの中からおもちゃを出した。ネットの中にスポンジを詰めたもので、『愛犬しつけ教室ＳＴＥＬＬＡ』でも人気のグッズだ。

けれど、さすがに訓練を受けているだけあり、ジュピターも動かない。勝負は拮抗《きっこう》していた。

美月はとっておきのアイテムを出す。『ワンちゃん大好きイヌのホネ』だ。

「ワフン！」

効果はてきめんだった。おやつが詰まったゴム製のおもちゃを投げると、ジュピターは喜び勇んで駆けていく。美月が知る中で、『イヌのホネ』に勝るグッズはない。

「なんで待てないんだよー！」

糸川は恨めしそうにジュピターをにらみつける。けれどジュピターは、夢中になってイヌのホネにかじりついていた。

「冷たい玉露で頼む」

「へいへい」

そのとき、スマートフォンがメールの着信を知らせた。

「おっと、依頼だ」

「誰？」

「高校時代の友人なのだが……」

美月はメールに添付されていた写真を糸川に見せる。そこには、中年男性がひとりと、白い毛の犬、そして金髪ショートヘアの女性が写っていた。

「どれが友人？」

「金髪」

「へえ、美人じゃん」

美月が「おまえ、こういうのが好みなのか？」と尋ねると、糸川はもにょもにょと口ごもった。ちょっとは悔しがれよ、と聞こえたような気もする。

「しかしまた、やっかいな依頼だな」

金髪美女からのメッセージには、『新しい彼氏ができました！』というタイトルが書かれていた。

――結婚をしたいと言われたんだけど、彼と犬、私はどっちを選んだらいい？

美月と糸川は、そろって「うーん」と眉間にしわを寄せた。

◇

『すぐに来て。じゃなきゃミラ、死んじゃう』

死ぬ、死ぬと騒ぐ者に限って、槍が降ろうが隕石が落ちようが、絶対に死なない。ちゃんと不満を言葉にするから、ストレスが溜まらないのだと思う。

一之瀬《いちのせ》ミラは、美月の高校の同級生だ。ちなみに外国人風の名前と外見だが、ハーフではなく、純日本人である。

高校時代、美月は陸上部に所属していて、汗とほこりまみれになりながら校庭を走る体育会系だった。逆にミラは、学校が終わると化粧をし、そのまま繁華街に出かけていくような、派手なタイプの女子だった。

高校生ともなると、属するグループによっては交流が一切ないまま卒業を迎えるようなこともある。最初のうち、美月にとってミラは、共通項のない別次元の存在であった。

梅雨が明けるか明けないかという時期の曇り空。その日はむっとするような暑さで、不快指数が相当高かった。

高校総体が終わって三年生は引退し、美月は陸上部の副部長を任されていた。

「次、インターバル十本ねー」

部長の無情な指令が届く。

「鬼だ！　鬼がいる！」

下級生のあいだでブーイングが飛び交う。たしかに、これほどの高温多湿のなか、インターバル走をするのはハードである。

二百メートルのトラックを最初はゆっくりと流し、一周したら全力で走る。またペースを落とし、ふたたび全力疾走。インターバル走というのは、そんな緩急をつけた走りを交互に繰り返す練習方法で、これが相当きつく、校庭十周とはいえ大変な体力を削られる。

毎日繰り返される練習メニューだが、その日は背中から陽炎《かげろう》がのぼるほどの蒸し暑さで、部員はみな疲弊しきっていた。

「無理するなよー！　ヤバいと思う前に水分補給しろなー！」

副部長の美月がトラックに散らばっている部員に呼びかけ、フォローをする。だが次の瞬間、前を走っていた後輩の体が、ふらりと傾いた。

「大丈夫か？」

美月の呼びかけに答えることなく、後輩はよろよろと走りつづけた。そして、いきなり倒れた。

顔が真っ赤だ。だが、汗はあまり出ていない。意識はあるようで、「大丈夫です」と立ち上がろうとするが、瞳が左右に揺れて視点が定まっていない。

「ちょっと、大丈夫⁉」

部員たちも心配そうに集まってくる。

「熱疲労か……熱中症一歩手前というところだな」

「救急車呼んだほうがいいかな？」

「とりあえず日陰で休ませてから、保健室に連れていく」

おろおろしていた部長も、冷静さを取り戻して部員に指示を出した。

「みんな、いったん水分補給！　足が重いとか頭が痛いとか、おかしいと思ったらすぐに日陰で休んで！」

水を飲ませ、顔色がよくなってきたのを見計らい、美月は後輩を保健室に連れて行った。


保健室には先客がいた。はっとするような美少女が長椅子に座り、足をぶらぶらさせながら野菜ジュースを飲んでいる。

――この子、知ってる。

一之瀬ミラはその外見ゆえ、校内ではかなり目立つ存在だった。

金髪に近い栗色のショートヘア。色素の薄い瞳。くっきりした二重と厚い唇。しかも、グラビアアイドルみたいなスタイルのよさ。

お人形のような彼女は、派手な男子とオタク男子という両極端なタイプに人気があるらしかった。

「自宅に連絡を入れてくるから、天野さん、少しのあいだ付き添ってあげて」

「わかりました」

「一之瀬さんも、用が済んだらさっさと帰りなさい」

「はあい」

だが、そう言って保健室の先生が出ていったあとも、彼女は帰る気配がない。

「熱中症？」

突然声をかけられて、美月は遠い宇宙からやってきたエイリアンから、友好的に話しかけられた気持ちになった。

「部活中に倒れてな」

「そんな青春ドラマみたいなことがあるんだね〜」

好奇心まるだしで、彼女はベッドで横になっている後輩の顔をのぞきこんでいる。

――変な奴だな。

彼女はみんながグレーのカーディガンを着るなかで、ひとりだけ蛍光ピンクを身に着けるような個性的な子だった。そして突飛な行動と奔放さゆえ、みんなに避けられていると聞いていた。

空気の読めない子。それが同級生のあいだでの、ミラの評価らしい。

「アメ舐める？」

「ジュース飲む？」

どうやら具合の悪い後輩に気を遣ってくれているようだ。アメはミネラル補充のための塩飴で、ジュースはイオン飲料だった（なぜか保健室の冷蔵庫から出してきていたが）。

「これを使って。すっきりするよ」

そう言って彼女は、汗ふきシートを差し出した。

「気を遣わせてしまって悪いな」

「いいの、いいのー」

さっそくそれで後輩の手足を拭いてやると、気化熱でだいぶ涼しくなったらしい。

一之瀬ミラは、ふたたび長椅子に座って足をぶらぶらさせながら、保健室の窓から見える校庭の風景を眺めていた。

自由な奴だ。けれど学内の評判と違って、気さくで面倒見がいいらしい。

西日がミラの膝を照らす。真っ白な、透き通るような肌。ほんのり色づいた唇は、さくらんぼのようだ。長いまつ毛に縁どられた、ぱっちりした二重。

ああ、そうか。女子からの評判がよくないというのは、おそらく嫉妬や羨望からくるものなのだろうな。

女の子という生物は、ほかの人と違っていることをひどく恐れる。だから流行《はや》りの服を着て、おそろいの文房具を持ち、グループをつくって、『仲間』という集団《コロニー》の中で安心感を得る。

ひとりだけはみ出していても平気で、自分のスタイルを貫いている。そんなミラが、みんな、憎くて、うらやましくて、仕方がないのだ。

後輩の親が迎えに来るまで、なぜかミラも残っていた。

ときおりポケットから小さな紙片を取り出し、じっと見つめる。

「体重が増えた……」

保健室は、生徒の急なケガや体調不良などのケアをしてくれるほか、身長、体重や血圧を測り、その結果をプリントアウトもしてくれた。

余命宣告を受けたようなミラの深いため息に、美月はついつい彼女が持っていた紙片に目を向けてしまう。

「見ないでよ～」

「すまない。そんなつもりはなかったのだが」

するとミラは、おずおずと手に持っていた紙片を差し出した。

「見てもいいよ」

「いや、べつに……」

「見たいんでしょ？」

他人の体重に興味はないのだが、断るのも逆に申し訳ないような気がして、美月は「どうも」と言ってそれを受け取った。

一五四センチ。四五キロ。

美月は一五三センチ、四二キロなので、それほど変わらない。

「天野さんは細くていいよね。うらやましい〜」

「色が黒いから、そう見えるだけだろう。筋肉のせいで体重はけっこうあるぞ」

「筋肉かあ。運動もしなきゃ駄目かなあ。野菜ジュース飲んでダイエットは頑張ってるんだけどね〜」

「野菜ジュースってのは、糖分もけっこう入っているから、飲んでもダイエットにはならんぞ。パッケージに書いてあるほどの栄養も取れないらしいし」

「えー!?　そうなのー!?　騙された!!」

いや、誰も騙してなんかいない。

「それにしても、恋って切ないよね」

「は？」

いきなり話が変わった。それから彼女は、とうとう恋愛について美月に語りはじめた。仲のよい友達に秘密を打ち明けるように、やたらと親しげに。

奔放で自由で協調性がない。そんな周りの評価を裏付けるかのように、ミラは美月の困惑などお構いなしで一方的に話をする。

熱疲労を起こした後輩は、両親が迎えにきて、とっくに帰ってしまった。美月は逃げる機会を失っていた。

「彼氏が、あ、元カレね、『ぽっちゃりが好き』って言うから、頑張っていっぱい食べたの。そしたら今度は、『デブは人間じゃない』ってふられた」

「はあ……」

「『ミニスカートが好き』って言われたから、めちゃくちゃ短いスカートはいていったの。そしたら電車で痴漢にあって。彼氏、守ってくれるどころか『そんな格好をしてたら、誘ってるとしか思われないだろう』って、そのあとホテルに連れこもうとして〜」

「『ほかの男と話すな！』って監禁されそうになって〜」

「カラオケ一緒に行っただけで、つきあっていると勘違いした男にストーカーされて〜」

どうやら彼女は、ろくでもない男を引き寄せてしまう体質らしい。

「なんでそんな恋愛しかできないんだろう。でも、寂しいときにやさしくされると、コロッといっちゃうんだよね」

たしかに、「寂しい、寂しい」と連呼する彼女には、放っておけない危うさがあった。

「見た目とか性格とか、どうしても人と同じにできないんだよね。でも、ひとりでいるのも寂しい。天野さん、どうしたらいいと思う？」

そんな難問をぶつけないでほしい。だが、友達ができないということに、彼女自身も悩んでいることはわかった。

社会的少数者《マイノリティ》だということを、〝個性的〟と言い換えられるほど、高校生はまだ大人ではない。

「そうだ、犬を飼ってみるといい」

「え？　犬？」

「ああ。犬は浮気なんかしないぞ。ご主人様に一途なんだ。それに毎日の散歩が必要だから、ダイエットにもなるんじゃないか？」

「犬かあ……」

ミラは視線を斜め上に向けた。なにかを空想しているようだった。そして突然、ぱっと目を見開いた。

「犬かあ！」

ミラは「犬、いいね！」と目をキラキラさせた。


なんだかよくわからないまま、気がついたら一緒に帰ることになっていて、美月は自転車を引いてミラの隣を歩いていた。

日中の熱さなどなかったかのように、夕暮れになると、街はひんやりとした空気に包まれる。心地よい風が吹き、アパートのベランダに飾られた笹の葉がさわりと揺れた。

そういえば、今日は七月七日である。

この地方の七夕は旧暦の八月に行うことが多く、新暦の七月七日に七夕飾りを作るのは、小さな子供がいる家くらいだ。

ミラはあいかわらず、一方的に自分のことを話しつづけた。奔放で浮いている。そんな評価もうなずけるくらい、こっちのペースなんかお構いなしだ。

けれど、不思議と嫌な感じはしない。

色素の薄い瞳は、カラーコンタクトではなく、もともとのものだそうだ。遠い祖先に北欧系の人物がいたらしい。

「髪はちょっぴりブリーチしてるけど、生まれつきこんな色なんだ。パパもママも純和風の顔だから、『どこの誰の子だ！』なんてばあちゃんがママにケンカ吹っ掛けたこともあったらしくて〜」

デリケートな話題も、さらりと笑い飛ばす。

「『ミラ』っていうのはくじら座の星でね、〝安定感のある穏やかさ〟っていう意味があるんだって」

「そういう子に育ってほしかったんだな」

「真逆になっちゃったけどね〜」

なんだ、意外と普通だな。普通に、楽しい。

彼女の家の前まで来ると、ミラは寂しそうな目をした。

美月は、彼女がどんな言葉を欲しがっているか考えた。

「今日、一之瀬と話をして、私は楽しかったぞ。外見だって、そんなに気にするほどか？　これからは個性の時代だって、うちの死んだじいちゃんが言ってたぞ」

「ほんと？」

「ああ。そして私は、そんなおまえの個性が嫌いではない」

「天野さん！　好き！　天野さんが男子だったら、絶対につきあっちゃう！」

「やめろ！　そっちに走るな！　犬だ！　犬を飼え！」

「犬も好き！　天野さんも好き！　私たち、これから親友ね！」

「勝手に決めるな！」

そんなふうに言いながらも、予想のつかないミラの言動を、美月は結構楽しんでいた。

◇

あれから十二年後、二十九歳になったミラは、このうえなく幸せそうだった。

レースとフリルがふんだんにあしらわれた水色のスカートの隣で、白毛の柴犬が、四肢をだらりと伸ばしておっとりくつろいでいる。

三十手前だというのにロリータファッションを好むミラは、あいかわらず個性の塊だ。

だが、いまはもう、そんな自分にコンプレックスを抱いていない。

「北斗《ほくと》はおまえのいいパートナーだな」

「えへへ。あのとき、美月のアドバイスに従ってよかったあ」

十二年前の七夕のあと、ミラが家族として迎えたのは、一匹の白くて小さな柴犬だった。

まんまるの顔。ぴんと立った耳。ちょっと吊り上がったつぶらな瞳。がっしりした体と太い脚。最近では海外でも、日本犬は人気だ。

ただ、白というのはスタンダードな柴犬ではない。ドッグショーなどの出陳条件として、色は赤や黒、胡麻と決められているところもある。白は『ミスカラー』としてはじかれるのだ。

正しい血統を持っているのに、そうとは認められない白い柴犬。

目立つ外見のせいで、周りから浮いてしまうミラ。

白い柴犬と自分を、どこか重ねたのだろう。ペットショップで目が合った瞬間、インスピレーションめいたものがあったそうだ。

個性というのは悪じゃない。かわいいものはかわいい。人と同じじゃつまらない。

ミラは、北斗と出会って、ようやくなにかが吹っ切れたらしい。

それから十二年。ずっと北斗はミラに寄り添っている。

「こんなフェミニストな日本男児、世の中で北斗くらいだと思う。北斗以上の男性には、もう一生出会えない」

「フェミニスト……まあ、私もこんなに甘ったれた柴犬ははじめて見たが」

柴犬というのは、基本、勇敢でまじめな性格だ。番犬向きであまり人には懐かず、こんなに警戒心なくだらりとしたタイプはめずらしい。

飼い主のそばにいる絶対的な安心感。よくいえば、ミラと犬とのあいだで良好な関係が築けているということだろう。

美月は透明なグラスに注がれたサングリアを飲み、小鉢に取り分けられたオクラと長芋のサラダに箸をつけた。

酒のつまみは、すべてミラの手作りだ。美月が飲んでいるサングリアも自家製である。瓶の中の赤ワインにリンゴやオレンジ、洋ナシなどが漬けこまれていており、酸味が抑えられて甘い。口あたりがよすぎて、瓶の中身がどんどん減っていく。

いまのミラの仕事は、フード・コーディネーターだ。食べても太りにくい素材を求め、低カロリーのレシピを考えることをライフワークとしていた。

高校時代、ダイエットと過食を繰り返していたミラだが、〝必要は発明の母〟である。

犬用のおからクッキーを北斗の前に置き、ミラは「マテ」と指示を出した。

犬のおやつも手作りか。一家にひとり、ミラがいれば便利だな――と思いかけて、こんなに騒がしいのは年に数回会うのが限度である、と美月は首を振った。

「北斗にはこれね」

「――さて、依頼の件だが」

市の中心部にあるミラのマンションを訪れるのは一年ぶりだ。美月もミラも、あまりべったりとした関係を好まない。だから特別な用事があるとき以外、こうして一緒に飲むこともなかった。

メールには、『彼と犬、私はどっちを選んだらいい？』と書かれていた。

彼女は高校時代、厄介な男にばかり好かれるという特異体質を持っていた。もしかしたら、いま結婚を考えているという相手も、ふたを開けたらとんでもない奴だったという可能性がある。

しつけ相談の仕事はしているが、正直恋愛ごとに関しては専門外だ。だが友人として、話くらいは聞いてやろうではないか。

「つきあっている相手は、どんな人なんだ？」

「んーとね、すごくやさしい人。仕事がらみで知り合ったんだけど、私を大事にしてくれているのがわかる。北斗と出会ったときみたいに、私、この人と一緒に生きていくんだなってピンときた」

恋人の姿でも思い浮かべているのだろう。ミラは北斗の背中を撫でながら、口もとをゆるめて頬を染めた。

インスピレーションというのは、けっこうあてになるらしい。ひとめ惚れしてつきあった相手とのほうが、結婚生活が長続きするという統計結果もあるそうだ。

ベッドサイドに積まれた本の中には、旅行雑誌とともに、ブライダルの情報誌も置かれていた。結婚を見据えた真剣なつきあいをしているというのがわかる。

「でも彼、犬が嫌いなの」

「それはまた……」

北斗を溺愛しているミラの相手が、犬嫌いとは。

部屋の中は、北斗の存在感であふれている。

キッチンに置かれた、北斗用の歯ブラシセット。専用のクッション。清潔な食器と、シニアフード。十二歳で歯が弱くなっている北斗のために、フードは毎日ふやかしてから与えているようだ。

彼氏に夢中で犬をほったらかしにするようならガツンと喝《かつ》を入れるが、そのようなことはなさそうだし、なによりも北斗自身が不安に怯えていない。

「彼との結婚、迷ってるの」

ミラは北斗の背中をさするように撫でている。

「犬嫌いの彼氏が『俺と犬、どっちが大事なんだ』みたいなことを聞いてきたわけか？」

「そんな感じ」

十二年、一緒に過ごしてきた北斗。これからの一生を、添いとげたいと思う新しい恋人。どちらかを選ばなければならないのなら、悩んでも当然だ。

「美月、聞いてみてよ」

「誰に？」

「北斗」

うーんとうなりながら北斗を見る。

「結婚を決めるのに、犬に是非を問うのか？　それにこっちだって、犬語がわかるわけではない。そういう大事なことは、本人同士で話しあって決めるべきじゃないのか？　北斗に意見を聞くとか、しかも通訳に私を使うとか、ただの逃げのような気もするが」

するとミラは、横にあったクッションをつかんで投げつけてきた。

「なによ！　愛犬の相談ならなんでも受け付けてるんでしょう？　プロの料理をこれだけ食べておいて、ただで済まそうったってそうはいかないわよっ！」

「………………」

そうだった。ミラは昔から、突拍子もない難癖をつけてくるやつだった。

「いいじゃないか、ありのままの姿を見せれば」

美月は投げやりに言った。ミラはそんな美月の態度が不満だったらしい。

「うまくいかなかったら、美月が責任をとってよね」

「だから、人に押しつけるな！　北斗、おまえもなんか言ってやれ！」

けれど北斗は、自分が問題の渦中にいるとは思っていない様子で、のんびりとミラの膝の上でくつろいでいた。


翌週の日曜日、美月はミラから彼氏を紹介してもらうことになった。

待ち合わせは、田名子公園のドッグ・ランだ。偶然にも、彼氏の職場がこの近くらしい。

「で、なんで俺まで？」

ドッグ・ランの端に置かれたベンチに腰掛け、糸川が不思議そうな顔をする。

「なんか知らんが、ミラがおまえも是非にって」

「俺、どう考えたって部外者じゃん……」

首をかしげる糸川の隣で、ジュピターは興味津々で新しい友達のにおいを嗅いでいた。尻のにおいを嗅ぎあうのは、犬同士の挨拶だ。

大きなシェパードと対面しても、柴犬・北斗の態度は堂々としたものである。スピカは何度か北斗と遊ばせたことがあったので、顔見知りだ。

「美月ちゃんの彼氏さんですよね。お噂はかねがねうかがってますう」

ミラは、見た目はグラビアアイドル並みにかわいい。腰をかがめたときにちらりと胸もとが見えたらしく、糸川はまっ赤になってうろたえていた。

「い、いや、ただの幼馴染みですっ。ときどき犬をドッグ・ランで一緒に遊ばせていてっ」

そこまで言って、糸川は、「噂はかねがねってなんだ？」と美月を見た。美月は首を振る。

興味津々で食いつかれることがわかっていたので、ミラに糸川の話はしたことがなかったはずだ。

「まあ、仕事がらみで、いろいろとつきあいがあるのだ」

「そっかあ。獣医さんですもんねえ」

組んだ指を頬にあて、「きゃあ」とミラははしゃいだ。

焼き鳥はつくねとねぎまが大好物なんですよね、とか、バイクで通勤しているので、たいていノンアルコールみたいですけど、家では飲むんですか？などと、ミラは美月も顔負けの雑談力を発揮する。

おかしい。どうしてミラが、糸川のことをこんなに詳しく知っているのだ？

このあいだマンションで一緒に飲んだとき、酔った勢いで、知らぬまにベラベラと話していたのだろうか。

解せぬ。が、ミラだってまさか、本気で糸川が美月の恋人だとは思っていないだろう。

やがて、ひとりのガタイのいい中年男が土手の向こうから歩いてきた。ミラの姿を見つけるなり、ぶんぶんと大きく手を振る。ミラも嬉しそうに手を振り返した。

「あれが彼氏の和久瀬《わくせ》さん」

美月たちよりもひと回りは年上に見えたが、人のよさそうな男であった。やや吊り上がったキツネ目が、柴犬と似ている。

ミラはこれまで、いかにも遊んでいますといったふうな派手な男とつきあうことが多かった。だが、結婚を考えるとなると、やはり手堅いタイプを選ぶらしい。

「おふたりとも、こうして外で会うと新鮮ですね」

和久瀬は人懐っこく美月と糸川に笑いかけた。

「……誰だ？」

「おまえの知り合いじゃないのか？」

糸川とコソコソ話していると、和久瀬はおもむろに肩にかけていたタオルで髪を覆い、うしろでぎゅっと縛った。

「あっ！」

炭火を前に焼き鳥をひっくり返す男のイメージが浮かぶ。

いつもカウンターの向こうにいる、焼き鳥BOMBERの大将ではないか！

「どうりで糸川の好みを知っていたわけだ」

諜報部員も真っ青の情報収集力である。

ミラと和久瀬が出会ったのは、半年前のことらしい。フード・コーディネーターのミラは、ある日評判の焼き鳥屋に取材に行った。お互いにひとめ惚れだったらしく、ふたりはすぐに交際を始めた。

けれど、結婚を意識しはじめたとき、思わぬ障害が立ちはだかった。北斗の存在だ。

「か、かわいい犬ですね……」

そう言って和久瀬は、スピカの頭を撫でている。だが、顔はひきつり手は震えていた。

体格のいいシェパードのジュピターなどとは、視線を合わせようとさえしない。犬が嫌いというより、怖いようだ。

「昔、犬に噛まれたことがあって。それ以来ダメなんですよ」

和久瀬の額には、脂汗が浮かんでいる。

「大丈夫です。見た目はいかついですが、人懐っこくて明るい子ですから」

糸川はそう言ってジュピターの首をガシガシと撫でた。舌を出しながら、ハッハッハッハッとジュピターが和久瀬に歩み寄る。

「ひえっ！」

「大丈夫です！　あなたが怯えると、犬も怖がります。リラックスですよ。リラーックス」

おっかなびっくり犬に接すると、気配を感じて犬も緊張してしまうのだ。

スピカとジュピターは、興味津々で和久瀬の周りをぐるぐる回る。和久瀬はこわばった笑顔をつくりながらも、犬とスキンシップを取ろうと奮闘していた。

「かわいい、かわいい」

抑揚のない、小学生の学芸会よりも下手な演技だ。額に浮かぶ汗は、焼き鳥を焼いているときのものとはあきらかに種類が違っている。ときどき、「犬、犬、犬」とつぶやきながら手のひらに文字を書き、ぱくっと飲みこむ動作をした。

「……重症だね」

糸川が耳打ちしてくる。

「ジュピターはともかく、スピカも駄目らしいからな。でも見てみろ。北斗とはいい感じじゃないか？」

北斗は和久瀬の靴のにおいを嗅ぐと、フン、とそっぽを向いた。和久瀬は公園の緑に目を向け、「ここは自然が豊かですよね」と北斗を視界に入れないようにしながら笑っている。

ある程度の距離をとっていれば、同じ空間に犬がいても耐えられるらしい。

いい感じとはいかないが、もしかしてこれは案外、いけるのではないか？

店の仕込みがあるからと、和久瀬は先に場を辞した。

「いい人じゃないか」

正直、ミラがこんなにまともな人を選ぶとは思っていなかった。美月の目から見れば、十分合格点だ。

「でも彼は、北斗と一緒に生活するのだけは嫌だって言うの。犬を部屋の中で飼うことに、我慢ができないみたい」

「職業柄、仕方がないだろうな」

柴犬は寒さに強く、単独で過ごすのも平気で、屋外で飼っても大丈夫な犬種だ。だが北斗はずっと室内犬として飼われていた。

「なによ、私だって食べ物を扱う仕事をしているわよ。飲食店で犬猫が厳禁だったら、ドッグ・カフェなんてどうするの？　職業を理由にされちゃ困るわ」

無理を通せば、道理は引っこむのであった。これは結婚しても、さぞかし和久瀬は苦労するだろう。

「そうはいってもだな、世の中にはクモやヘビが嫌いな人がいるように、犬が嫌いな人もいるのだ。こればっかりは仕方がない。好き嫌いのレベルではなく、あれはもはやアレルギーに近い」

「わかってるわよ！　でも、どっちかなんて選べないの！」

外で飼うのなら、まだ和久瀬も耐えられるらしい。道で散歩をしている犬も、ちゃんとリードがついていて安全なら、怖くないということだった。

けれど北斗は、室内犬である。部屋の中では、首輪はつけているものの、リードで縛ったりサークルの中に閉じこめたりはしていない。

もし結婚しても、犬を中心とした生活を強いられるのは目に見えている。まさか、新婚旅行も犬同伴になるとか？

子供が生まれたらどうなるのか。しかもお互い、食べ物を扱う仕事をしている。

『仕事、俺、犬。どれがおまえにとっての優先事項なんだ？』

そう問い詰められて、ミラも迷いが生じたらしい。

「これは答えを出すのが難しいな……」

北斗は十二歳の高齢犬である。いきなり外に犬小屋を作られても、不安を感じるだろう。飼い主を恋しがって吠えつづけるかもしれない。

じゃあ、北斗を里子に出すか？　いや、ミラはそうはしないはずだ。

美月は考えた。ミラがいま、どんな言葉を欲しているかということを。

こうして悩んでいるということは、それだけミラが、和久瀬とのことも、北斗のことも、大事に思っているということだ。

穏やかな目をした北斗の首を、美月はそっと撫でた。

「きみは、ずっと守ってきた人が誰かのものになることについて、どう思っているんだ？」

大好きな飼い主が悩んでいること。自分の存在が障害になっているということ。それについて、きみが思っていることを教えてくれ。

昔よりも少し濁った北斗の瞳に、美月の顔が映っている。ミラも不安そうにこっちを見つめていた。

ミラが幸せになるためには、北斗もまた、幸せであることが絶対条件だ。

そして犬は、飼い主がそばにいることが、いちばんの幸せだ。

美月は北斗の瞳を見ながらうなずいた。そして、「おまえは、いい子だな」と頭を撫でた。

「一之瀬、おまえはあの彼と結婚するべきだ」

ミラは眉間にしわを寄せた。

「でも、彼は北斗が……犬が嫌いなのよ？　外で飼えと言っているのよ？」

「外で飼う件については、賛成しかねる。柴犬の十二歳は高齢だ。それに住宅事情もある。一軒家ならまだしも、アパートやマンションでは室外飼いなんてとうてい無理だ。だが部屋を別にしたり、生活スペースを区切ったりして住み分けをすることなら可能だろう？」

まだなにか言いたげだったが、ミラは口をつぐんだ。

「おまえの彼氏が言っているのは、北斗を手放せということではない。犬との接し方に節度を持てということだ。環境が変わることによって、もしかしたら問題行動も出てくるかもしれない。だが、私もできるかぎりフォローをする。大丈夫、北斗は賢い犬だ」

ミラは顔を上げ、すがるように美月を見た。美月もまっすぐ、ミラを見返した。

「いいか、犬の寿命は十二年から十五年だ。つまり、あとわずかしか北斗とは一緒にいられない」

残酷なことを言っているのは百も承知だ。けれどペットを飼うことにおいて、〝死〟による別れは避けられない。

仔犬のうちは、手はかかるが生命力にあふれ、ただただかわいい。大きくなって、犬との生活があたりまえになって、家族のような絆が生まれる。やがて、犬のほうが先に老い、体も動かなくなる。そしていずれ、死をむかえる。

そのとき、ほかに家族がいない飼い主のほうが、圧倒的にペットロスに陥りやすい。

「私は予言する。この機会を逃したら、おまえは一生独身だ」

「ひどい」

ミラは美月をにらんだ。けれど、それ以上言い返してこないので、図星だと認めているのだろう。

「和久瀬さんが北斗を手放せという一点張りなら、私も反対しただろう。けれどあの人は、そうは言っていないのだろう？　確かに彼は、犬は嫌いかもしれない。けれど、それを克服しようと努力もしている。そこは評価してやるべきだ」

「そうかな……」

ミラはまだ、納得しかねているようだ。

すると、それまで黙っていた糸川が、おずおずと口を挟んだ。

「あのさ、うちの実家、隣町で警察犬の訓練所を経営しているんだ。訓練のほかにも、トリミングやペットホテル、それに老犬の預かりもしている。介護が必要な犬の世話を、飼い主の代わりにするんだ。もちろん委託料は必要なんだけど……。だから、もし同居がうまくいかなくても、そういう選択肢もあるから……」

できれば最期まで責任を持って飼ってほしい。それが、美月と糸川の共通する願いだ。

「……そうよね。一緒に住んでみたら、意外と気が合うかもしれないしね」

ミラは顔を上げた。そして、しっかりと美月の目を見る。

「うん、決めた。私、彼と結婚する。北斗のことも、きちんと彼と話し合って、ちゃんと最後まで面倒みる！」

「さすがはミラだ」

美月は、ほっと胸を撫で下ろした。

◇

ゆうべからずっと、雨が降りつづいている。

美月はクローゼットの扉を開けた。右の奥に、カバーのかかった礼服がある。

両親の葬儀で着て、クリーニングに出したきりだ。しばらく迷ったが、ほかにふさわしい服はなく、美月は黒のワンピースのハンガーを手にとった。

『お別れ会のご案内』

卓袱台に投げ出されたピンクの便せんには、そう書かれていた。

美月は案内状をバッグにしまい、サークルに入っているスピカの頭を撫でた。

スピカも老いたな。プレミアム・ドッグフードを食べさせ、大切に育ててきたけれど、口の周りや眉毛のあたりが白くなりはじめている。

「……ずっと、ここにいてくれな」

かえってきてね。まっているから。

スピカはまるでそう言っているように、じっと美月を見上げた。

ざんざん降りだったらタクシーを使うのだが、残念ながら歩いても差し支えない程度の雨だ。美月は黒い傘を広げて坂道を下った。

いかにも葬式ですといった黒ずくめの美月を、すれ違う人々が振り返る。

――両親が亡くなったのも、こんな日だった。

美月の両親は、七年前、土砂災害に巻きこまれて帰らぬ人となった。災害救助犬の訓練士をしていた両親の遺体を見つけたのは、彼らが育てていた犬たちと、仲間の訓練士だった。その中には、美月とスピカもいた。

正直、当時の自分は使命感に燃えていて、悲しさよりも、自分の手で両親を見つけたという達成感のほうが強かった。

両親はいつも危険なところに出向いていたので、覚悟もしていた。

でも、たとえば健康なはずの糸川が、突然いなくなったとしたら。

人の命の重さは同じはずなのに、たぶん、残される側の気持ちは大きく違うだろう。

線路を横切り、西木小井駅前のメインストリートまで来た。

和久瀬の働いている『ヤキトリBOMBER』はまだ開店前であったが、仕込みをしている最中なのだろう。開いた小窓から、手拭いを額に巻いた和久瀬の姿が見えた。

「こんにちは」

声をかけると、和久瀬は頭に巻いていた手拭いをとり、「今日はよろしくお願いします」と美月に頭を下げた。

路地裏に入って眼鏡店の前を通り、『愛犬しつけ教室STELLA』に向かった。

喪服姿をお客さんに見られたらまずいだろうかと思ったが、すでに犬たちは、テラスで自由に遊んでいた。

須寺は美月の姿に気がつくと、デスクからなにかを取り出し、外に出てきた。

「天野さん、これ、うちの車の鍵な。気いつけて運転すんだよ」

美月は須寺にぺこりと頭を下げ、須寺の自宅に停めてあった車に乗った。

住宅街の中をしばらく走り、国道に抜け、車の流れに乗る。カーナビを確認しながら左折をし、美月の運転する車は山の中へと入ってゆく。

狭い幅の道路脇に、ぽつんとバス停が置かれている。たしかこのあたりだったと思うのだが。

雨で視界の悪い森の中を、慎重に目を凝らしながら運転する。すると、木立の隙間に目的の看板があらわれた。

『晴れの海メモリアルパーク』

美月は砂利の敷かれた駐車場に車を停め、降りて傘を広げた。

入り口には、本日の予定という札があり、そこに『一之瀬家・北斗様』と書かれていた。今日の葬儀は北斗のものだけらしい。

「美月、来てくれてありがとう」

黒い礼服と、黒い帽子をかぶった金髪のミラは、キリスト教の葬儀の参列者みたいだ。相変わらずきれいにメイクをしており、ローズ色の唇に笑顔をのせている。が、マスカラやアイシャドウではごまかせないほど、目は腫れていた。

高校生のころのミラを思い出す。派手な服と化粧で自分を奮い立たせていた、臆病で寂しがり屋のミラ。

北斗がぐったりしているとミラから連絡があったのは、三日前の夜のことだった。すぐに動物病院へ連れていったのだが、翌朝北斗は急死した。

「北斗に会ってやってくれる?」

「もちろん」

花が飾られた祭壇の前に、小さな木製の棺が置いてある。中をのぞくと、いつも使っていたクッションの上に、北斗が目をつぶって横たわっていた。

「いい顔をしている」

霊園のスタッフが、被毛の手入れをしてくれたのだろう。白い毛はきれいに整えられ、眠っているのと変わらないくらいに穏やかな顔をしていた。

美月はそっと北斗の頬を撫でる。が、硬直した体は、すでに魂の抜けた亡骸だということを実感させるものだった。

「苦しまないで逝けたんだな。よかった」

「本気でそう思ってる？」

ミラの声は震えていた。

「……北斗を殺したのは私だよ？　私、北斗が病気でつらかったことに、全然気づけなかった。たぶん北斗は、絶望していたと思う」

「……そんなことはない」

「ううん、きっとそう。北斗は心も体も限界だったのに、私、結婚式の準備で浮かれてた」

そんなふうに言われると、ミラの背中を押したことが、果たして正しかったのかという気持ちになる。

◇

ミラと和久瀬の結婚式まで、残り三か月を切っていた。式場との打ち合わせ、新婚旅行の手配。それらにミラは奔走していた。

その日も出かける前に、ミラは北斗に餌を与えた。歯の弱い北斗のために餌をふやかし、食器に入れる。そして「マテ」と号令をかけた。北斗はきちんとしつけのされた犬だ。だから、ミラが「ヨシ」と言うまで、絶対に餌は食べない。

そのとき和久瀬から、部屋の前に車を停めていると連絡が入った。ミラは「いい子で待っててね」と言って、部屋を出た。

打ち合わせが長引き、予定よりも遅れて部屋に戻ると、北斗は玄関先でぐったりしていた。

「北斗⁉」

締め切ったままの部屋には熱がこもっていた。出かける前に与えたはずの餌は、そのまま食器に残っている。

――全身の血液が、急速に冷えていくような気がした。

そういえば私、北斗に「マテ」と号令をかけたままじゃなかったっけ？

すぐに動物病院に連絡をしたが、どこも診療は終了していた。

ミラは糸川が獣医師だということを思い出し、美月に電話をかけた。スバル動物病院も診療時間は過ぎ、スタッフは帰ってしまっていたが、ちょうど美月の部屋に糸川が来ており、無理を言って処置室を開けてもらった。

和久瀬に車を出してもらうよう頼み、北斗を病院に搬送した。

「いつから状態悪くなったの？」

聴診器を北斗の腹部にあてながら糸川が問う。ミラは「わからない……」とうつむいた。同行していた和久瀬は、黙ってミラを支えている。

「私、『マテ』と言ったまま出かけてしまって……北斗はずっと、餌を食べずに待っていたんだと思う」

震える声でミラは言った。糸川は難しい顔をしている。

「一日や二日、餌や水がなくても、犬は急に倒れたりしない。今日は少し暑かったけど、熱中症になるほどでもないし」

超音波検査をした結果、腹腔《ふくくう》内に大量の出血がみられた。おそらく脾臓《ひぞう》に血管肉腫ができており、それが突然破裂したのだろうというのが糸川の見解だった。

そして糸川は、ミラに残酷な告知をした。

「……今夜が山になると思う。おなかの部分に相当な出血がある。かなり危険な状態だ」

「……え？」

「たぶん北斗は、前々から爆弾を抱えていたんだと思う」

脾臓の血管肉腫――血液をためる臓器にできる悪性の腫瘍は、痛みなどの症状がない。だが破裂すると大量出血をするという、小さくて致命的な爆弾なのだ。

人間だったら、熱があるときは顔が赤くなるし、汗もかく。なによりも「具合が悪い」とか、「ここが痛い」と言葉で他人に教えられる。

けれど、犬は言葉を話せない。

そしてどの動物もそうであるように、犬もまた、弱っているところを決して人には見せない。ふだん注意深く観察している飼い主でさえも、違和感を見抜くことが難しいケースもある。

食うか食われるかという野生の名残なのだろう。明らかな変調が見られるころは、もう手遅れであることがほとんどだ。

糸川ひとりの手には負えないため、スバル院長にも来てもらい、緊急のオペが始まった。

ミラと美月にできるのは、もう祈ることしかない。西洋の神、日本の八百万《やおよろず》の神、ご先祖様、思いつくすべての神様に祈った。

――どれくらいの時間が経過しただろう。

焦燥しきったスバル院長が告げたのは、北斗が生きていられるのは、もって数時間だろうということだった。輸血をし、病巣ごと脾臓もすべて切除したが、それ以前の失血による影響が大きすぎたらしい。

北斗は高齢だ。体力もない。

できるだけの延命治療をするか、それとも楽に逝かせるか。スバル院長は選択肢をいくつか示した。だが、どれもミラの耳には届いていないようだった。

かけてあげるべき言葉が、美月には見つからなかった。

「ごめんね……北斗、ごめんね……」

ミラは何度も繰り返した。

北斗は動かない。呼吸もだいぶ弱っていた。モニターの動きだけが、かろうじて命が続いていることを示している。

ＩＣＵの前で、糸川と美月、そしてミラは夜通し北斗に付き添った。

そして翌朝、みんなに見守られながら、北斗は静かに息を引き取った。


手術室の片付けをする糸川を手伝いながら、美月はいつもなら吐かない弱音を口にした。

「どうして家族を看取るとき、後悔と謝罪の言葉しか出てこないんだろうな」

糸川は、静かに「そうだね」と言った。

ごめんね、ごめんねと繰り返していたミラの声が、美月の耳にこびりついている。

両親が亡くなった七年前、自分も同じように、遺体に向かって謝っていた気がする。

どうしてひとこと、注意を促す言葉をかけてあげられなかったのか。もっと早く、土砂に埋もれた両親を見つけてやれなかったのか。

不可抗力の事故で、災害救助犬の訓練士としての仕事は全うしたはずなのに、美月は無力感に苛《さいな》まれた。時間が経って気持ちが落ち着くほど、両親の死がじわじわと現実味を帯びてきて、胸が苦しくなった。

結局、なにもしてやれなかった。両親にも、ミラにも。

「俺も、いつだって自分の力のなさを痛感する。どうにもできない、医療にだって限界があると頭ではわかっている。けど、動物たちが目の前で死ぬのには、やっぱり慣れない」

痛みや苦しみを和らげるために麻酔を使うこともあるけれど、醒《さ》めない眠りに自分の手で導くような気がして、そういうときは本当につらい、と糸川は言った。

糸川もスバル院長も、全力を尽くしてくれた。ミラももちろん、責めたりはしなかった。

美月も何度か、動物を看取ってきた。

形があるものはいずれ壊れるし、動物も人もいつかは死ぬ。

あたりまえのことだと理性ではわかっている。けれど感情に折り合いをつけるのは、とても時間がかかる。最愛のペットを亡くした飼い主の中には、喪失感のあまり、自分も病気になってしまう人もいるくらいだ。

「……難しいオペを引き受けてくれてありがとうな。私こそ、なんの役にも立たなかった。動物と飼い主の心のケアをするのが仕事なのに」

「天野の仕事はこれからだろう？」

糸川は握った手で美月の肩に触れた。

「俺ができるのはここまでだ。だけどおまえには、まだまだやれることがある」

北斗の命は救えなかった。けれど、残されたミラの心を救うことはできる。

両親を亡くしたとき、美月は糸川やスピカに助けられた。同じように、今度は自分がミラのために動いてやればいい。

「そうだな。私は私の仕事を全うする」

美月と糸川は、バトンタッチをするように手のひらを合わせた。

◇

最後のお別れのときが来て、美月はミラと一緒にお焼香をし、合掌した。

動物霊園には、火葬の設備もある。火入れは飼い主自身が行うか、それともスタッフに任せるか。そう問われ、ミラは自らの手で火を入れることを選んだ。

北斗の体が焼かれるあいだ、ふたりで霊園を歩いた。いつの間にか雨はやみ、空を覆っていた厚い雲のあいだから、かすかな光が差していた。

「美月、ドッグ・ランで会ったとき、北斗と話していたよね。北斗、なんて言ってたの？てっきり結婚を祝福してくれているんだと思ってたけど、本当は違ったんじゃない？」

「そうだな……結婚しろというのは、北斗ではなく私の意見だ」

ミラは、ふふっと笑った。

「やっぱり。動物と話せるなんて、詐欺っぽいと思ったんだ。嘘つき」

詐欺師呼ばわりされるのは心外だが、嘘つきなのは認めておく。

「北斗、私のこと恨んでるだろうね。これまでさんざん尽くしてきた女が、あっさりほかの男に寝返ったんだもん」

美月は首を振った。

「犬には〝恨む〟という感情はない。まあ、相当がっかりはしただろうがな」

気の利いた慰めなどできないし、言ったところでなんの効果もないことはわかっている。

だが、犬が飼い主を恨まないというのは本当だ。飼い主に対して絶対的な忠誠心を持つ犬は、状況が変わったことに戸惑いはするだろうが、ちゃんと〝慣れる〟ことができる。自分のテリトリーに入ってきた人間を、新たな主《あるじ》と認めるのは簡単ではないだろう。いくら和久瀬が努力したとしても、多少の問題行動は起きていたはずだ。

ただ、そのことは、北斗の病気とはまったく関係がない。

「結婚やめようかな」

笑いながらそんな言葉をつぶやいたあと、「あ、このお墓のデザイン、かわいい～」とミラは話題を変えた。神社のこま犬のように、台座の上で、石像の犬が首をかしげている。御影石の小さな墓標には、人間と同じような戒名まで書いてあった。

「もう式まで三か月を切っただろう」

「でも、なんだか気が乗らないし」

気分が乗るかどうかで、人生の一大イベントをキャンセルしようというのか。

だが、それだけ北斗が、ミラにとってかけがえのない存在だったということだ。

「暑い部屋の中で、私のことを、待って、待って、待って。おなかが痛くても我慢して、ヨシ、と言ってもらえるまで北斗はひたすら耐えた。でも、限界がきて立っていられなくなっても、ご主人様は帰ってこなかった。そのときの北斗の絶望を想像すると、自分だけ幸せになるなんてできない」

ミラは、「マテ」と言ったまま出かけてしまったことを悔いていた。

美月は考える。

ミラがいまかけてほしい言葉。してほしいこと。それはいったいなんだろう。

北斗の死は、ミラのせいじゃなかったと言ってほしい？

寿命だったのだ、あきらめろと言ってほしい？

いや、そんなことは、一時的な慰めにしかならない。

結婚をやめるというのも本心ではないだろう。ミラはきっと、なにかの形でけじめをつけたいのだ。

「――北斗の歩んできた軌跡を一緒に訪ねてみようか。北斗と出会ったペットショップに行ってみたり、いつもの散歩コースを回ったり。北斗のふるさとを訪ねてみるのもいいな」

「ふるさと？　北斗にも故郷があるの？　っていうか、そんなのわかるの？」

「ああ、問題ない。血統書は持っていたよな」

「ある」

ミラの部屋の壁には、額に入れられた認定証のようなものが貼られていた。北斗の両親や祖父母、そして生まれたときにつけられた本当の名前やブリーダー名が書かれているのが血統書だ。

「北斗の生きてきた軌跡を訪ねて、北斗の魂を解放してやろう」

ミラを前に進ませることが、亡くなった北斗への供養にもなるはずだ。

それから週末を迎えるたびに、ミラと一緒に、北斗と縁《ゆかり》のある土地を訪ねて歩いた。高校時代に住んでいたミラの実家はすでに取り壊されていたけれど、北斗と出会ったペットショップをのぞき、いつもの散歩コースを歩き、スピカやジュピターと遊んだドッグ・ランにも行った。

北斗が好きだったおからクッキーをふたりで食べ、仔犬時代からのアルバムを見た。北斗の抜け毛を詰めた缶がクローゼットから出てきたとき、ミラはたまらず泣いた。

そして、北斗の葬儀からひと月半ほど経った土曜日の朝、ふたりで旅に出ることにした。

吹き抜けのコンコースにある大きなステンドグラスの前が、新幹線の停車駅では定番の待ち合わせスポットだ。

美月はパイプの手すりにもたれながら、人の流れをぼんやり見ていた。すると、金色の髪の女性が手を振りながらやってきた。

うしろには、荷物を抱えた体格のいい中年男がいる。ミラの婚約者である和久瀬だ。

「お待たせ～」

しばらくのあいだ暗い色の服ばかり着ていたミラだったが、今日は水色の長袖シャツにデニムのロングスカートという、明るくてこざっぱりとした格好をしていた。

「喪は明けたのか」

「一応、四十九日は過ぎたしね」

結婚式の準備も、順調に進んでいるらしい。ミラが北斗との思い出の地を巡ることにも、和久瀬は理解を示してくれているようだ。

「婚約破棄しなくてよかったな」

「北斗と同じくらい、大事な人だから」

「俺はやっぱり犬と同じレベルかよ」

和久瀬は笑った。ミラも笑った。

よかった。笑顔を取り戻したみたいだ。

「行ってきます」

見送る和久瀬に手を振り、ふたりで改札をくぐった。

そのとき、人の流れを縫って、ふわっと風が通り過ぎた。ミラが顔を上げる。

「……北斗？」

まさかね、とミラは首を振る。けれど美月も、同じようになにかの気配を感じていた。


東京行きの新幹線に乗り、大宮で乗り換えて群馬《ぐんま》県高崎《たかさき》市へと向かう。ミラは窓際、美月は通路側に座った。

新幹線が出発してしばらくすると、窓の外の景色は住宅街へと変わり、やがてのどかな田園風景が広がりはじめた。首を垂らした稲穂の海の向こうでは、黒に近い濃緑色の山が連なっている。

駅のそばまで行くと、ふたたび住宅が増え、車両は屋根に派手な看板をのせたビルのあいだに吸いこまれていく。そんな光景が何度も繰り返された。

「さて、乗り換えだ」

「何番線だったっけ？」

はじめての土地というのは、どうしてもまごついてしまう。

「上越新幹線だったと思うが……何番線だろう。誰かに聞いてみるか」

すると、ふたりのあいだをふわっと風が通り抜けた。またあの感覚だ。

下を向くと、『上越新幹線乗り場』と足もとに矢印がペイントしてあった。

「こっちっぽいね」

「よし、行こう」

無事に乗り換えを済ませ、高崎駅で降りた。

「雄大な景色だねぇ」

ふたりでしばし感動する。

「右にある大きなのが赤城《あかぎ》山。左側のが榛名《はるな》山だよ」

地元のおじさんが教えてくれた。これから車で、あの榛名山の麓《ふもと》まで向かうのだ。

予約を入れていたレンタカーショップで車を借り、目的地を入力する。はじめての場所でも、ナビゲーションがちゃんと道順を教えてくれるのだから、文明の利器というのは素晴らしい。

「日本の景色っていうのは、どこもあまり変わらないんだね」

ハンドルを握る美月の隣で、ミラはガラス窓に額をくっつけながら言った。

繁華街を過ぎると、古い商店が点在する道がしばらく続き、次第に田んぼや畑の比率が高くなっていく。山があり、川の流れるのどかな風景は、地元とあまり変わらない。

するとおもむろに、ミラがオペラ歌手のような声色で歌いはじめた。

いつも思うのだが、この子はやることが突飛だ。

「その歌、どこかで聞いたことがあるぞ。私はそこにいないから墓の前で泣くなっていうやつだよな」

私は風になったり雪になったりしているのだから、泣かないで。そんな歌だ。9・11テロが起きたときに有名になったものだが、本当はずっと昔から存在していた作者不明の詩らしい。

青空の向こうに、大きな山の連なりが見える。もしかしたら、木立を吹き抜ける風の中に、亡くなった北斗や美月の両親もいるのかもしれない。

山道に入ると、道幅は狭くなり、カーブがきつくなりはじめた。

対向車が見えにくい。ガードレールがところどころ歪んでいて、美月は思わずハンドルを握りしめた。

「美月ぃ、お菓子食べるぅ？」

ミラのマイペースぶりにたまらず叫んだ。

「そんな余裕などあるか！」

見慣れない地名の書かれた看板。同じように続く景色。レンタカーにナビゲーションはついているものの、指示のタイミングが微妙にずれていて、さっきから何度も道を間違えている。

「いまのところを曲がるんじゃなかったの？」

「やかましいわ！　おまえがさっきから適当な指示を出すから、間違ってるんだろうが！」

「また、人のせいにして～」

「完全におまえのせいだろうがっ！」

ミラのペースに巻きこまれているうちに、曲がるべき道からどんどん遠ざかっていく。

シャッターの閉まった商店の駐車場で方向転換し、そのあとはミラのことなど無視して運転に集中した。予定到着時刻より三十分ほどオーバーしたが、その後、なんとか目的地にたどり着くことができた。

看板には、『榛名南・あおぞらケンネルへようこそ』と書かれていた。

「ここで北斗は生まれたのかぁ」

ケンネルというのは、犬を繁殖させているブリーダーの犬舎のことだ。『あおぞら』というのは屋号である。

ふたりがやってきたのは、群馬県の山あいの町だ。もう少し山を登っていけば、榛名湖に出る。日本では二番目に標高の高い湖だ。

北斗の血統書には、『スノーホワイト・スプリングハズカム・ブルースカイ・ジェーピー』と書かれていた。少々長くてややこしいが、これが北斗の〝正式な名前〟だ。

血統書には、その個体の血統、つまり母親、父親、そのまた両親といった家系が記されている。犬の購入者は、血統を追うことで、外見の特徴、近親交配ではないかどうか、また、かかりやすい疾患について知ることができる。

登録上の名前には、犬のファーストネーム、それから犬舎や繁殖者の名前を記すのが一般的だ。

『ブルースカイ』は、犬舎の『あおぞら』を英訳したものだろう。『スプリングハズカム』――〝春が来た〟。榛《はる》が北。つまり、榛名山が北側にあるということだ。

そんなひねりの効いた名前を付けるような人なら、きっとこちらの無茶な願いも聞き入れてくれるだろう。美月とミラはそう考え、北斗の出生地を訪ねることを決めた。

看板の支柱にインターフォンがあった。

「壊れてない……だろうな」

おそるおそる美月はインターフォンを押してみた。返事はない。すると、敷地の西側にある小屋のほうから、クリーム色のTシャツを着た五十歳前後と思われる男性が歩いてきた。

「こんにちはー」

帽子を取り、肩にかけたタオルで額の汗を拭きながら、男は声をかけてきた。

「お電話くれた方ですよね。迷わないで来られました？」

「じつはちょっと迷いました」

「でしょうねえ」

男は、日焼けした顔をほころばせた。約束の時間を過ぎたことは、さほど気にしていないようだ。

犬舎の主《ブリーダー》の名前は、安堂《あんどう》といった。

「わざわざこんなところまで訪ねてきてもらって。犬をお譲りした相手から写真が送られてくることはあったけれど、実際にいらっしゃる方は滅多にいないですよ」

「このたびは、無理を聞いていただいて、ありがとうございます」

「いえいえ。さっそくですが、こちらへどうぞ」

安堂がフェンスの向こう側にある小屋に向かって歩きだしたので、美月とミラもあとに続いた。

煉瓦《れんが》の敷かれた道の両脇に、シロツメクサやタンポポが咲いている。

――のどかな場所だな。

濃い緑でぎっしりと埋め尽くされた山肌。聞こえるのは、鳥のさえずりだけだ。

「ちょっとにおうかもしれないけど」

フェンスの扉を開けると、ぬくぬくした犬のにおいがした。

ミラは柴犬のにおいが大好きだし、美月も犬を扱う仕事をしている。だから、まったく気にはならない。

ご主人様が帰ってきたことに気がついた犬たちが、ワンワンと吠えている。

そのとき、風がひゅうんと吹いた。するとミラは、吸いこまれるように小屋の角を曲がっていった。

南側には、フェンスに囲まれた広い原っぱがあった。十四ほどの柴犬たちが、走り回ったり、団子になってじゃれあったりしている。

半分以上はノーマルな赤毛だ。黒柴と呼ばれる、白と黒が混ざった犬もいる。みんな元気で、見るからに健康そうだ。

小屋の中にもたくさんのケージがあった。いちばん手前に、まだ小さな白い柴犬がいた。

「白毛は一匹しかいないんですか？　北斗が白だから、てっきり家族はみんな白いと思っていました」

「白は滅多に生まれないんですよ。この子の場合、お父さんが黒毛で、お母さんは赤でした」

えー、と美月とミラは顔を見合わせた。

「突然変異で生まれるんですか？」

「おもしろいでしょう」

人気の豆柴《まめしば》も、正式な犬種ではないらしい。だが最近では、個性のある犬を希望する人も多いようだ。

ミラは、肩にかけていたバッグから、封筒をひとつ取り出した。そして中に入っていた書類を広げた。北斗の名前が書かれた血統書だ。

「これを、どこかで焼かせてほしいんです」

死んだ犬のために、はるばる群馬までやってくるような人たちだ。なにかきっと特別な思い入れがあるのだろう。そんなふうに気持ちを汲み取ってくれたブリーダーの安堂は、「畑でならいいですよ」と、犬舎から少し離れた畑に案内してくれた。

景色のいい場所に、小さな穴をふたつ掘らせてもらった。片方には、白いハンカチに包んだ北斗の骨のかけらを入れた。もう片方の穴の中で、ミラは注意深く、北斗の真の名前が書かれた紙を燃やした。

すべてが燃えると、ミラは空に向かって叫んだ。

「ヨ――――シッ！」

山の緑が、ミラの声をきれいに吸い取る。

「マテ」と指示を出したまま逝かせてしまったことを、ずっとミラは悔やんでいた。ようやく、「ヨシ」と言うことができたのだ。

「魂を解放してあげるから、家族の近くで安らいでね」

ミラがそう言うと、谷のほうから風が吹き、彼女の金色の髪をそっと揺らした。風になった北斗が、じゃれついているかのように。

ばかだなあ、ミラ。北斗にとっての家族は、生まれ故郷にいる肉親ではない。ずっと一緒にいてくれたミラが、家族なんだ。

——僕はいつまでも、ご主人さまを見守っていく。それを伝えてほしいんだ。

風になり、ときには星になって、自分の魂はご主人さまのそばにある。

死期を悟っていたのか。それとも、新しい家族をつくろうとしているミラへのはなむけの言葉だったのか。

あのときドッグ・ランで、美月の心に、北斗はそう訴えてきた気がした。

北斗。きみの願いは、ちゃんと彼女に届けたからな。

美月は眼下に広がる深い森を見つめた。

ワンワンと、柴犬の元気な鳴き声が、遠くから風に乗って聞こえてきた。

第４話

犬は友を呼ぶ

しつけきょうしつのテラスであそんでいたとき、チワワのコッペちゃんが言いました。「ギインをしているヤギヌママって人が、犬にかんするジョウレイをケントウしているんだって。さんぽのキセイとか、ソウオンとか。あそこんちのババア、ちょうムカック」コッペちゃんは頭がよくてかわいいのに、言葉づかいがときどきらんぼうです。店番をしている、おじさんのまねをしているそうです。

「わたし、ママに『くちわ』をつけられそうになった!」

「ぼくも、よそのおにわでオシッコしようとしたら、むりやりぐいってひっぱられた!」

〝くちわ〟というのは、犬がほえないようにするための、マスクみたいなものです。とってもきゅうくつだって聞いています。

でも、ミヅキ先生が「口輪の前に、まずはムダ吠えしないよう、しつけをしましょう」とママたちをせっとくしてくれました。

犬も人も、生きにくいよのなかです。

ある日、学校の先生がやってきて、ママとお話をすることになりました。

おねえちゃんは、へやにいます。わたしはサークルの中で寝たふりをしながら、ママと先生のお話を聞いていました。

「六年生の、とくに女の子は、友達関係で悩むことが多いです。おかあさんは、いじめではないかと心配されているんですよね。でも、それは思いすごしなんですよ」

先生が言いました。

「でも、持ちものを隠されたり、連絡事項をうちだけ教えてもらえなかったりしているんですよ⁉」

「ハルカちゃんがなくなったと言っていたものは、ぜんぶ職員室の落としものボックスにありました。どこかに忘れたものを盗まれたと言って騒ぐ子は、ときどきいます。注目を集めたいのでしょう。今後はわたしたち教師も、ハルカちゃんの相談に乗りながら……」

「ほんとうにそうなんですか⁉　学校側が隠蔽しているだけじゃないんですか⁉」

「ですから……」

さっきから、こんなやりとりのくりかえしです。

「八木沼ユキナちゃんが、ハルカちゃんのことを心配していましたよ。ふたりがなかよくすれば、すべてまるくおさまりますから」

ヤギヌマ、という名前を聞いて、ママは「なによ、自分のほうが被害者みたいに」と、先生には聞こえないような声でつぶやきました。

ときどきかいらんばんで『犬の迷惑行為について』というお手紙がまわってきます。そのお手紙をつくっているのが、ヤギヌマさんらしいのです。

うちのママも、おとなりのケンタくんちのママも、さいしょはこまっていましたが、最近ではぎゃくに、ヤギヌマさんはやりすぎだ、とおこっています。

だからわがやでは、ヤギヌマさんの話は〝きんく〟なのです。

ある日、ゆうほどうをさんぽしていたら、ユキナちゃんに会いました。

わたしが「ワン！」とあいさつすると、ユキナちゃんはいやそうな顔をしました。

前はいっぱいあそんでくれたのに、いまはゆうほどうで会ってもムシします。おかあさんが犬ぎらいだから、ユキナちゃんもそうなっちゃったのでしょうか。

おねえちゃんは、しょぼんとかなしそうな顔をしています。


しばらくさんぽをつづけると、なんだかおいしそうなにおいがしてきました。川のむこうの〝バーベキューひろば〟から流れてくるようです。

わたしのだいすきな、おにくのにおいです！

そのしゅんかん、わたしの頭のなかはおにくのことでいっぱいになりました。

「ワン！（にく！）」

おねえちゃんのことなどふきとび、気がついたらわたしは、おにくにむかっていっちょくせんに走っていきました。

◇

西木小井駅を北に向かって一キロほど歩くと、一級河川の北瀬川にぶつかる。

両岸には幅の広い河川敷があり、子供たちが通学のときに利用する遊歩道も整備されている。

　ここからさらに上流、東普那町のほうへ向かって歩くと、今度は大きな川石が目立ちはじめる。山の深いところには川魚の釣れる渓流もあるらしい。

　普段は見向きもされない辺鄙《へんぴ》な場所なのだが、秋になれば結構な人が集まる。この地は地元民の絶好の芋煮会スポットになっていて、ほかにもバーベキューをしたり、大きな鍋で豚汁を作って食べたりするのだ。


　土曜の午前九時。美月はスピカのリードを握り、足場を注意深く確認しながら沢に沿って林の中を歩いていた。

　今日の仕事は自治会から依頼のあった、ボランティアの山林パトロールだ。それほど険しい山でもないのに、山菜を採りに入って迷う人が毎年出る。起伏が複雑で、どちらが麓なのかわからなくなってしまうらしい。

　美月が住んでいる東普那町は、もともと山を切り崩し、ニュータウンとして開発された場所だ。周りは豊かな原生林で、町は緑の中にぽっかりと浮かぶ要塞の体をなしている。

　パトロール用のハーネスをつけたスピカは、上を向き、サワサワと揺れる梢《こずえ》を眺めていた。名も知らず、姿も見えない鳥が、羽音を立てて飛んでいく。

　気持ちのよい秋晴れだ。あとひと月もすれば、今度は美しい紅葉が堪能できる。夏が終わり、雪が降るまでの短い時期。気候がよく、食べものはおいしい。秋がやっぱりいちばん好きだ。

獣道《けものみち》という名称がふさわしい、足もとが多少踏み固められた程度の道があらわれる。

美月は先を歩いていたスピカを停止させ、こっちを向かせてアイコンタクトをとった。

「さて、始めようか」

たんけん？　あそぶの？

スピカはそんなふうに、期待に満ちた目を向けてくる。美月はひとつうなずき、おすわりをさせてリードを外した。

「サガセ！」

スピカは前を向き、足取りも軽やかに歩きはじめた。

温度、湿度、木立の密度。そして障害物の有無を確認しながら、美月とスピカは森の奥へと進む。

分かれ道に差し掛かると、いったん立ち止まり、スピカは美月の指示を待った。声と手の動きで誘導し、美月とスピカはさらに奥へと足を運ぶ。

やがて滝の音が聞こえてきた。ぬかるみに気をつけながら、美月は横倒しになった丸太の上を歩く。

「ワン！　ワン！　ワン！　ワン！」

突然、スピカが一定の間隔で吠えだした。『アラート』と呼ばれる行為で、警察犬や災害救助犬などは、なにか異変を感じたときにこうやって吠えるよう訓練されている。

大きな岩の向こうになにかがいるらしい。スピカはぶわっと毛を逆立てた。

人？　いや、もしかしたら、獣のたぐいかもしれない。

美月はベルトに付けた収納ポケットを探り、クマ撃退スプレーの存在を確認した。

「ヤメ」

美月が指示を出すと、スピカはぴたりと吠えるのをやめた。周囲の変化を見逃さないようにしながら、美月は声をかける。

「誰かいますか？」

すると、岩のうしろから誰かが顔を出した。竹で編んだ籠を背中に負った、クマみたいな髭《ひげ》づらの男だ。

「俺だ、俺！」

よくよく見れば、スバル動物病院の院長ではないか。美月は構えていた撃退スプレーを下ろした。

「こんなところで、なにしてるんですか。危うくクマ撃退スプレーを使うところでしたよ」

「見てみろよ、これ」

スバル院長が背負っていた籠の中をのぞきこむ。そこには、ひらひらしたキノコがたくさん入っていた。シイタケ、いや、マイタケか？　よい香りがする。

院長は得意げに笑った。

「詳しい場所は秘密だが、この奥に良質のマイタケが採れる穴場スポットがあってな」

スバル院長は本格的な登山靴を履き、鉈《なた》らしきものの収まった革のケースまで携えていた。腰には束ねたロープがくくりつけられている。ちょっとそこまでトレッキング、というスタイルではない。

穴場というのは、地元の人も行かない、いや、〝行けない〟ような、超難関スポットだと予想される。

美月は、ふうっとため息をついた。

「くれぐれもほかの登山客を脅かさないでくださいよ」

「さっきも徘徊《はいかい》していた中年男に悲鳴をあげられたばかりだ」

「やめてください。逃げ出して遭難でもされたら、みんなで山狩りをする羽目になるんですから」

「了解だ」

院長は手拭いで汗を拭き、「今日はパトロールか？　手伝ってやるよ」と言った。

お天道さまが空のてっぺん近くまで昇った。そろそろ終了の時間だ。美月はスバル院長と一緒に、見晴らしのいい場所で休憩することにした。

大きな岩に腰をおろすと、西木小井町が一望できた。立派に土地開発された街だと思っていたが、川と緑に囲まれ、結構な田舎だ。南北に延びる線路を、電車が走る。なんだか懐かしささえ感じる情景だ。

持参したペットボトルの水を容器に入れると、スピカは夢中になって舐めた。美月もイオン飲料で水分補給をする。

「スピカは十歳か。でもずいぶんと足腰が強いな」

「二年前まで現役の災害救助犬でしたからね。いまでも山歩きは好きみたいですよ。まあ、半分遊びみたいな感じで依頼があったときだけパトロールをしていますけど」

災害救助犬というのは、その名のとおり、地震や土砂崩れなどの自然災害が起きたとき、行方不明者を捜索する犬だ。鋭い嗅覚を生かして、瓦礫《がれき》や土中から人を捜しだす。

スピカは一歳半から八歳まで、救助犬として訓練され、認定を受けて活躍していた。高齢のため、正式な登録は二年前で終了しているが、かつての大地震のときにも要請を受け、美月と一緒に行方不明者を捜索した。感謝状を贈られたこともある。

といっても、犬は崇高な使命感を持って仕事をしているわけではない。山に入ったり、隠れた人を見つけたりするのは、災害救助犬にとって〝かくれんぼ〟の遊びと一緒だ。見えない場所に隠れている人を見つけると、ご主人様が喜ぶ。ご褒美がもらえる。嬉しい。もっと褒めてもらいたい。こんなふうに、犬というのは仕事を覚えていく。

「いっぱい遊べてよかったなー」

スバル院長はスピカの首をわしゃわしゃ撫でた。スピカは気持ちよさそうに目をつぶる。

「さて、そろそろ帰りますかね」

美月は岩から腰を上げ、尻をポンポンと払った。

「あとでマイタケ分けてやるよ」

「ついでに糸川を炊き出しに派遣してもらえるとありがたいです」

「おまえは難民か。少しは自炊しろよ」

「そっちの才能はないんですよね」

開きなおる美月を見て、スバル院長はあきれながら嘆息した。


美月は山を下りたあと、パトロールの結果を自治会に報告し、マイタケをもらうためスバル動物病院に立ち寄った。

「今夜はおまえんちで鍋な～」

催促しなくても、糸川は炊き出しに来る気満々だ。こういうところが、忠犬っぽくていい。

入院中の猫がいて、夕方まで経過観察をしなくてはならないが、そのあとアパートに来てくれるということだった。

「スーパーで材料買っておくぞ」

「頼むなー」

鶏肉、白菜、ネギ、しらたき、豆腐。業者からもらったメモパッドに、糸川は必要な材料を書いていく。

「おまえんち、味噌はあったよな」

「あるにはあるが、ずいぶん放置しているから発酵が進んでいるかもしれない」

「やーめーろー！」

糸川はメモに、寄せ鍋のつゆ、という項目を追加した。

ビニール袋に入ったマイタケをスバル院長から渡される。ところがスピカのリードを持ち、外に出ようとしたとき、病院の電話が鳴った。院長と糸川は顔を引き締め、身構えた。

「はい、スバル動物病院です」

受話器を取った糸川は、「ああどうも」と笑顔になり、「え？」と目を丸くし、それから
「お待ちくださいね」と言って、美月に受話器を向けた。

「……須寺社長から。天野に仕事の依頼がきてるって」

「依頼？」

〝臨時収入〟の四文字が頭をよぎる。今日はこのあとオフの予定だったが、依頼となれば話は別だ。

詳しい話を聞き、通話を切ったあと、部屋の鍵と買い物リストを糸川に握らせた。

「というわけで、職場に行かなければならなくなった。糸川、あとはよろしく頼む」

「やっぱり俺が買い物するはめになるのかよ――――！」

そんな叫び声を背に、美月はスバル動物病院から徒歩三分の場所にある『愛犬しつけ教室ＳＴＥＬＬＡ』へと向かった。それが、十三時ちょうどのことである。

土曜日はＳＴＥＬＬＡの定休日だ。けれどホールには明かりがついていた。

いつものように裏口から入ろうとすると、須寺が窓の向こうから手招きするのが見えた。

美月は洗い場でスピカの足をきれいにし、正面から入ってスピカをホールに放した。

「アウン！」

スピカはしっぽを激しく振りながら、開け放してあった窓からテラスへ走っていく。

誰かが「わっ！」と驚きの声をあげた。しまった。依頼人は外にいたのか。

「すみません、大丈夫でしたか？」

「はい……」

テラスには、顔見知りの小学生がふたりいた。スピカはしっぽをぴょこぴょこ振りながら、子供たちの足もとで跳ねている。なにかに興味を持ったときの、犬のしぐさだ。

美月はスピカを捕まえ、リードをつけた。

「きみたちだったのか。久しぶりだね」

客のひとりは、しつけ教室に通っているトイ・プードルの飼い主で、西木小井小学校六年生の五島陽華《ごとうはるか》だ。飼い犬のソラは、テディ・ベアのように丸く毛をカットされた、アプリコットカラーのメスである。

そして隣にいるのも、同じく犬をＳＴＥＬＬＡに通わせている家の子だ。ポメラニアンのポーラの飼い主、久我智実の息子。たしか名前はケンタだったか。

「ソラとポーラは一緒じゃないのか？」

「ええ、はい……」

　すると須寺が、「このふたりが、天野さんさ相談してえことがあるんだど」と言った。

「私に答えられることなら、なんなりと」

　飼っている犬たちのことで、きっとなにか困りごとがあるのだろう。だが、ふたりとも、下を向いて黙っている。

　小学校高学年ともなると、シャイというか多感というか、大人に対して独特の壁ができるようだ。

「スピカをサークルに入れてくるから、カウンセリング室で待っていてくれ」

　ホールの西側にある部屋を指さすと、ふたりはこくりとうなずいた。

　シャンプー室のサークルにスピカを入れ、新しい水を飲ませる。

「今日は山歩きで疲れただろう」

　スピカはしっぽを振りながら、「アウン」と返事をした。「へいき！」と言っているようだ。

「さて、小学生がふたりでやってくるとは、どういった依頼かな？」

　そう言いながらのどをくりっと撫でてやる。スピカは「？」と首をかしげた。

　子供たちを先に行かせたのには理由があった。役割を相談させるためである。いまごろ、どっちから切り出すか決めていることだろう。

　あえて少し時間をおき、美月はカウンセリング室の扉を開けた。長机の向こう側に回り、隣同士で座っているふたりに向き合うようにして椅子に座る。

「待たせたね」

「いいえ、大丈夫です」

ふたりはそろって頭を下げた。

五島陽華は、清楚な見た目のおとなしい少女だ。小花柄のカットソーにカーディガンを羽織り、たっぷりしたフレアーのスカートにハイソックスをはいている。なかなかおしゃれだ。

背中の真ん中まで伸ばしたストレートの髪は、毛先までサラサラである。父親が美容師なので、ケアにもこだわっているのだろう。

ケンタのほうは、夏のあいだの日焼けがまだ残る、すらりと背の高い子であった。少女漫画から抜け出してきたように、目鼻立ちがはっきりしている。以前相談にきた母親も言っていたが、確かに女の子に人気がありそうだ。

ケンタは、膝の上にのせていたナップサックから一通の白い封筒を取り出した。

「これ、見てもらえますか」

ふたりで相談し、説明はケンタが担当することになったらしい。封筒には、丸い文字で『招待状』と書かれていた。

「中を見せてもらってもいいかな？」

「はい、もちろんです」

不審なものが入っていないか注意しながら、美月は便せんを開いた。

「……地図のようだな」

　川、橋、森、スクラップ置き場。それらが大雑把に手書きで地図のように描かれている。細い道、それから、四角い箱に入った犬の絵。

　そして、『ソラちゃんを預かっています』という一文から、カーブを描いて矢印が引かれていた。

「ソラちゃんって、きみが飼っているトイ・プードルのソラのことか？」

　すると陽華が、たどたどしく口を開いた。

「今日、散歩しているとき、ユキナちゃん……クラスの子に会ったんです。そのあと、ソラが迷子になってしまって……」

「で、脅迫文が届いたんです！　ソラは誘拐されたんだ！」

　ケンタにセリフを奪われたかたちになり、陽華は下を向いてしまった。喉のあたりをしきりに触れるのは、緊張している人がよくする仕草だ。

「……脅迫文とは穏やかではないな」

　〝預かっている〟とはあるが、そもそも招待状とあるのだし、脅迫めいたものではない。だが、ケンタがそういう印象を抱いたのなら、そこは注意すべき点だ。

　美月はケンタの話を、メモをとりながらゆっくり聞いた。たどたどしくではあるが、陽華も一生懸命話してくれた。

　ふたりの話をまとめると、次のようになる。

今日の十時ごろ、陽華は北瀬川沿いの遊歩道を、ソラを連れて散歩していた。すると途中で、同じクラスの八木沼ユキナに会った。

ひとことふたこと会話をして別れたが、その直後にソラがリードを付けたまま逃げ出してしまった。

迷子になったと思い、陽華は遊歩道や田名子公園、住宅街をあちこち捜した。けれどソラを見つけることができず、いちど家に帰ることにした。

すると門の前で、隣の家に住んでいるケンタが声をかけてきた。ユキナの親友である十《とおの》宮《みや》サクラが、手紙を持って家の周りをうろついていたというのだ。

ケンタは不審な行動をとっていたサクラを問い詰めたが、「ケンタくんは首を突っこまないほうがいい」と冷たくあしらわれたらしい。

家に入るふりをして、サクラの行動をケンタは見張った。その後サクラは、持っていた封筒を陽華の家のポストに入れ、去っていった。

あれはなんだ。気になる。

いつも玄関先にかけてある、ソラ用のリードがない。ということは、陽華はいま、散歩に行っているということだ。

昼前に、ようやく陽華が家に帰ってきたので、ケンタはサクラのことを教えた。そしてふたりでポストをのぞくと、ユキナからの『招待状』が届いていた。

ソラの居場所はわかった。だが、学校の友達が絡んでいるので親には言えない。

するとケンタが、「犬のことなら、専門家に聞けばいい」と提案した。それでSTELLAにやってきたというのだ。

「友達がソラを連れていってしまったのか。それは不安だったろうね」

叱られないことにホッとしたようで、陽華は目に涙をためながら、「はい」と言った。

すると、隣にいたケンタがふたたび話の主導権を奪った。

「うちのクラス、女子の派閥みたいなのがあるんです。クラスを仕切っている女子グループのリーダーが八木沼ユキナです」

ユキナの名前を聞いたとたん、陽華は顔を下に向け、不安そうに視線をさまよわせた。そういった些細な変化も美月は見逃さない。

逆にケンタは、ユキナに対する嫌悪感を隠そうともせず、興奮気味に話し続けた。

「八木沼の父親は、テレビにもよく出る代議士なんです。だから八木沼に対しても、みんな一目置いているというか、なにも言えないというか。あいつの言うことは絶対なんです」

「子どもの社会でも格付けがあるのか。犬の世界と一緒だな」

犬の話を持ち出したことで、陽華の表情が少しゆるんだ。だがケンタは表情を硬くしたまま話を続けた。

「五島は、夏くらいから八木沼のグループに目をつけられていて、ときどき嫌がらせを受けていました」

「嫌がらせというのは、具体的にはどんなものかな？」

「たとえば、体操着袋が隣のクラスのフックにかけてあったり、文房具が職員室の落とし物箱に入れてあったりします。あと、クラスの女子が全員、五島を避けるんです。グループをつくって話し合いをするときも、五島はいつもひとりぼっちで」

「そんなとき、きみはどうしているんだ？」

「無視するな、かわいそうだろうって言ってやります」

そのほかにも、机に落書きをされたり、親の悪口を言われたりすることもあったらしい。

「そうか。いろいろ大変だったんだね」

ふたりは大きく首を縦に振った。

ここまでの話で、三つ、わかったことがある。

ひとつは、ユキナたちの嫌がらせは、第三者から見て〝いじめ〟とはっきり判断できるかどうかのグレーゾーンであること。

ふたつ目は、嫌がらせはクラスの女子全体に波及しており、陽華がストレスを抱えているということ。

そして最後は、ケンタは正義感が強くて直情的、そして女ごころにかなり疎いということだ。

子供には子供の世界のルールがある。そこに大人が介入することによって、余計にこじれることも多い。さて、どこまで立ち入ってよいものか。

「親御さんに相談したことはあるのか？」

「あります。でも、親は、『自分で言い返しなさい』って言うだけで……」

たどたどしく陽華が言った。するとふたたびケンタが代弁した。

「学校の先生も頼りになりません。八木沼の母親はＰＴＡ会長で、先生たちにも影響力があります。それに大人に言うと、逆に五島の母親が責められるんです。兄貴が医学部に入ったとかで、八木沼んちは親たちのあいだでカリスマ扱いされていて」

ケンタの言うことが本当なら、陽華の母親も複雑な立場だ。だが、故意かどうかは別にして、『招待状』が届いた以上、ユキナが犬を連れていったというのは事実である。

善意であるなら、〝保護〟。ただし、悪意があるのなら、ケンタの言うとおり〝誘拐〟だ。

美月はあらためて、ケンタが持ってきた手紙を見た。

「この場所は……」

川、橋、森、スクラップ置き場。キーワードが美月の頭のなかで地図を構築していく。

小学生の足で行くことのできる範囲のはずだ。他人の犬を連れているのだから、保護者の車で移動する可能性は低い。

いつも美月が山林のパトロールをしている山と、ぴたりと位置が重なった。犬のイラストが描かれた場所には、たしか別荘地があったはずだ。

「きっと北瀬川の上流にある別荘地だろう。私も同行するから、見に行ってみようか」

ふたりだけで地図の場所に行かせてしまえば、また陽華がなにか言われるかもしれない。客観的に状況判断ができる大人がついていくのが、この場合はベストだろう。

「本当ですか？」

「ソラはここの生徒だしな」

まずは行動あるのみ。万が一、相手がソラに危害を加えるようなことがあれば、厳しいしつけが必要だ。

陽華とケンタの家には〝トレッキングに連れていきます〟と須寺から連絡を入れてもらうことにした。

ソラが行方不明になっていることは、とりあえず伏せておく。子供同士の問題に親が過剰反応してしまうこともある。そこは慎重に見極めなくてはならない。

スピカに先導させ、子供たちが通学路にしている遊歩道を上流に向かって歩く。すると、山の入り口に川石の転がる河川敷があらわれた。今日も五組ほどの家族連れが、バーベキューをしている。

そこから雑木林の山道を左に入ると、工事現場や材木置き場があり、さらに奥へ進むと、夏のあいだに使われていたと思われる別荘地へ出た。

木の柵に囲まれた、ひときわ大きな三角屋根のログハウスには、焼き板の看板で『八木沼山荘』と書かれている。

「着いた。地図の場所はやはりここだろうな」

ログハウスはコンクリートの高い床の上に建てられており、ウッドデッキの下に丸太が積み重なっている。その脇に、小さな離れがひとつ。周りは林に囲まれ、人気がなくとても静かだ。

「様子を見てくるから、スピカと一緒にここで待っていてくれ」

太い枝にリードをかけ、おすわりをさせる。「ふたりを頼むな」とスピカの頭を撫でると、スピカは「アウン」と返事をした。

美月は乾いた落ち葉が積もるアプローチを通って、建物に向かった。玄関のチャイムを押してみるが、壊れているのか、反応がない。

少し悩んだが、美月は別荘の周りを見て回ることにした。ここまで来たのだ。なにか注意されたら、素直に事情を話すしかない。

レースのカーテン越しに、部屋の中が見えた。ソファやテーブルなどの家具に、白い布がかけられている。別荘はしばらく使われていないようだ。

階段を下りて、今度は離れに向かう。

石畳の上にあった木の枝が、ぽきりとふたつに折れていた。枝の芯はまだ白い。誰かが最近、ここを通ったばかりらしい。

離れはログハウスをそのまま小さくしたような小屋で、隣の大木には朽ちたブランコがぶら下がっていた。

「ソラは、ここにいたのかもしれないな」

窓ガラスに、小さな動物の手形がついている。うっすらとした泥汚れが、いくつもの筋をつくっていた。カシュカシュと引っ掻くと、ちょうどこのような跡ができる。

ガラス面を指でこすってみたが、手の跡は消えなかった。ということは、内側からつけられたものということだ。

中をのぞくと、床にはダンボールが敷いてあり、ドッグフードの粒が散らばっていた。

「ソラ」

名前を呼んでみたが、生き物の気配はない。

ふたたびどこかに連れていかれたのか、それとも逃げ出して、山に入ってしまったのか。はっきりしているのは、『招待状』の場所に、ソラはいないということだ。

美月は敷地を出て、陽華とケンタのところへ戻った。ふたりは、スピカと一緒に並んで待っていた。

「ソラはここにはいなかった」

「そうですか……」

ふたりは、がっかりした顔をした。

山道を下りながら、もう少し詳しい話を聞く。もっぱらケンタが説明役だが、ときおり陽華も相槌を打つ。

嫌がらせは、夏休みが明けたころから起こりはじめたそうだ。

ゴミ箱に上ばきを捨てるなどといった、あからさまに〝いじめ〟だとわかるようなことはされず、先生も「あなたがうっかりしていたんでしょう」で片付けてしまうようなレベルのものがほとんどだったらしい。

今回の件も、ユキナがソラを誘拐したという明確な証拠はない。ただ、『招待状』が届けられ、別荘に小型犬がいたらしいという状況証拠があっただけだ。

正体不明のなにかと闘っている気分である。おそらく陽華も、そういった些細なことの積み重ねでストレスを感じているのだろう。

「まずは警察と動物管理センターに届け出をしよう。建物のなかにソラはいなかったが、動物がいたという痕跡はあった。山に逃げ出した可能性もゼロではない。人と違って、犬の捜索のために警察や消防は動かないが、迷子犬を見つけたら保護はしてくれるはずだ」

準備もなしでこれ以上奥に入るのは、いくら山林パトロールに慣れている美月であっても危険な行為だ。

「それよりも、あいつらを追及したほうが早いと思います。八木沼と十宮の家なら、俺、知ってます！」

ケンタの瞳は、勧善懲悪に燃えるヒーローのように、熱く輝いていた。

◇

おにくのにおいにつられて、わたしはいつのまにか、おねえちゃんとはぐれてしまいました。バーベキューひろばにいるのは、しらない人たちばかりです。

「キューン、キューン」

なきながら、わたしはおねえちゃんをさがします。でも、見つけることができません。

どうしよう、まいごです。

ふと顔をあげると、道のむこうからこっちを見ていた女の子と目があいました。

「あれ？　ハルカちゃんちの犬？」

さっきおさんぽのとちゅうであった、ユキナちゃんです。

おねえちゃんにいじわるをする子ですが、このさい、細かいことには目をつぶります。

わたしは〝犬がすきなひとがイチコロになる〟らしい、上目づかいのウルウルこうげきをしかけました。

「キューン」

思いっきりかなしそうにないてみせると、ユキナちゃんは「あーもう、かわいい」と言いながら、わたしをだきあげました。さくせんせいこうです。

ユキナちゃんは、ずっと前におねえちゃんたちといっしょにあそんだ〝ひみつのばしょ〟でわたしにごはんを食べさせてくれました。

おなかがいっぱいになり、まんぞくです。

そのあとユキナちゃんは、だれかに電話をかけました。きっとおねえちゃんです。わたしがまいごになったことを、知らせてくれるのでしょう。

でも、わたしのよそうははずれたようで、電話のあいては、おともだちのサクラちゃんでした。

「サクラ、ちょっと協力してもらいたいことがあるんだけど。いまから言うことを手紙に書いて、ハルカに届けてくれない？」

ユキナちゃんは、わたしを見おろしながら言いました。

いじわるな子だと思っていたユキナちゃんですが、やさしそうに笑っています。

「これをきっかけに、またハルカちゃんとともだちになれるかな」

そう言いながら、ユキナちゃんはわたしののどもとをくすぐりました。

だいじょうぶだよ、と返事をするつもりで、わたしは「ワン！」とほえました。

だっておねえちゃんも、ほんとうはユキナちゃんとなかよくしたいと思っているのですから。

◇

いちど店に戻ってスピカを須寺に預け、美月とふたりの小学生は、ソラの行方を知っていると思われるユキナとサクラに、直接話を聞きにいくことにした。

十月ももうなかばだ。日が傾いていくにつれ、かなり肌寒くなる。

街の上には、灰色の中に赤い色素が沈澱しているような夕焼けが広がっていた。時刻は午後四時を過ぎている。

仔犬は生後九か月になるのだから、一日くらい食事をとらなくても命に関わることはないだろう。だが問題は気温だ。

トイ・プードルはモコモコした被毛に覆われているが、保温性の低いシングルコートだ。下毛がないので寒さには弱い。服を着て散歩をしている小型犬をよく見かけるが、あれはファッションだけが目的ではなく、体を保護・保温するために必要なものなのだ。

風をよける場所さえ見つけていれば、かろうじて体温は維持できるであろう。けれど、これが二日、三日と続いたら……。

トイ・プードルは賢い犬だ。逃げ出したとしても、建物のそばにいるかもしれない。だが、やはり仔犬。なにかの拍子に山に入ってしまった可能性もある。

「早く見つけてやらねばな」

美月は、北瀬川の向こう側にある小高い山を見上げた。


西木小井駅の向かい側に、サクラの住むマンションはあった。

新興住宅街である西木小井町では、敷地面積の広い一戸建てが九割を占めるが、駅までのアクセスやセキュリティのことを考え、こうしたマンションをあえて選ぶ世帯も多い。ここもL字型をしたおしゃれな外観で、オートロックはもちろんのこと、管理人も常駐しているらしかった。

黙ったままの陽華とは対照的に、ケンタは美月にいろいろと情報を教えてくる。

十宮サクラは父親が医者で、全国模試でも上位に入るほど頭がいいらしい。ユキナと仲良くしているが、ほかのクラスメートとはあまり関わろうとせず、なにを考えているのかわからないところがあるとケンタは言った。

エントランスの脇にあるインターフォンは、陽華に押してもらう。同級生の女の子が窓口になったほうが、保護者に警戒されずに済む。

しばらくすると、「下で待ってて」とインターフォン越しに声が聞こえた。サクラ本人が出たようだ。オートロックのドアが開いたので、美月は陽華、ケンタと一緒にエントランスに入った。

壁に埋め込まれた大きなアクアリウムを眺めながら、サクラの到着を待つ。エレベーターのランプの数字が、少しずつ地上へと近づいてきた。

開いた扉から出てきたのは、少し癖のあるショートヘアの、縁なしメガネをかけた女の子だった。中肉中背の標準的な体型。服装はラフだが質はよさそうだ。流行に左右されないものを選んでいるのだろう。

十宮サクラは、陽華に視線を向けた。

「あーあ、大人まで巻きこんで」

そして、「学校に行く途中にある、犬のしつけ教室の人ですよね。このマンション、ペット禁止なんですけど、大丈夫ですか」とにこりともせずに言った。当然だが、あまり歓迎はされていないらしい。

「犬は連れてきていないから大丈夫だ」

「クレームがいくとしたら、おそらくそちらのほうなので、べつにいいんですけど」

最近、犬に関する苦情が自治会に入ることが多いらしく、美月も須寺も、気をつけているところだった。

サクラのそっけない態度に、ケンタの戦闘モードにスイッチが入る。

「五島んちのソラをどこへやった？」

「なんのこと」

「おまえらふたりで、ソラを誘拐しただろう。八木沼の別荘に犬がいたって証拠はあるんだぞ」

するとサクラは、冷静に応戦した。

「証拠？　じゃあ見せて。別荘にいたのが陽華ちゃんちの犬だっていう、確実な証拠。いまはマイクロチップとかで個体識別ができるんでしょう？」

ケンタは言葉を詰まらせる。

確かに賢い子のようだ。正義感だけで突っ走ると、簡単にやりこめられてしまう。

「あのさ、そういうのなんていうか知ってる？　〝冤罪《えんざい》〟っていうの。あんたでもわかるような言葉に置き換えると、〝言いがかり〟。それもわからなければ、もう少しかみ砕いて説明してあげるけど」

「ばかにすんな！　冤罪も言いがかりも知ってるぞ！」

ただ、マイクロチップについてはよくわからないようで、「なんですか、マイクロチップって」とケンタは美月に聞いてきた。

「皮膚の下に埋めこむことのできる、小さな電子機器だ。専用の機械でデータを読み込むと、身元がわかるようになっている」

答えながら、美月はサクラを観察した。

ケンタのように感情を素直に表に出すタイプは、ある意味考えていることがわかりやすい。どちらかというと淡々としている人のほうが、感情は読み取りにくいのだ。

だが、表情の変化が少なくても、ヒントはいくらでもある。

たとえば、美月がサクラを観察しているように、向こうも美月を見ていることがわかる。サクラのつま先はこちらを向いており、姿勢はわずかに前傾していた。これは、相手に興味を持っているときに起こる、無意識の仕草だ。

陽華に対しても同様で、口調は冷たいが、マイナスの感情は持っていないと思われる。嫌悪感や不快感、また、いじめに関わったという罪悪感を持っていれば、たいてい相手から視線をそらそうとする。だが、サクラは陽華をまっすぐに見ていた。

ケンタに対してはやや攻撃的だが、学校でのふたりの関係にもよるかもしれないので、いまは脇に置いておく。

「忙しいところわざわざ下りてきてもらって、申し訳なかったな」

美月が笑顔を向けると、サクラは驚いたように視線を上げた。おそらくソラのことで、問い詰められると思っていたのだろう。

相手の心を開くには、まずは自分から。コミュニケーションの基本は、笑顔とあいさつ、そして相手への敬意だ。

「じつは、陽華ちゃんの家で飼っている犬が逃げてしまってね。あちこち捜したらしいのだが見つからないそうなんだ」

サクラは黙っている。

「そしたら陽華ちゃんの家のポストに、犬の居場所と思われる地図が描かれた手紙が入っていた。ケンタくんの話によれば、きみは今日のお昼前に、彼女の家の前にいたらしいね。手紙をポストに入れたのは、きみかな？」

するとサクラは、「そうです。友達に頼まれたんです」と答えた。美月が「ありがとう」と言うと、サクラは困ったようにうつむいた。

対等に接すれば、素直に応じてくれるタイプなのだろう。ケンタは「なにを考えているのかわからない」と言ったが、どうやら敵ではないらしい。心なしか陽華も、リラックスしているようだ。

美月はもう少し、突っこんだ話をしてみることにした。

「地図を手掛かりに、八木沼ユキナちゃんの家の別荘まで行ってみた。動物がいたらしい形跡はあったのだが、肝心のソラは見つからなかった。もしかしたら逃げたのかもしれないし、別の場所に移動したのかもしれない。ただ、ソラはまだ生後九か月の仔犬だから、寒さや餌が心配なんだ」

サクラは戸惑いの表情を美月に向けた。

「私は手紙を届けただけで、犬がどこにいるかはわかりません」

サクラはユキナに直接会ってはおらず、電話で言われたことを手紙に書いて陽華の家のポストに入れただけのようだった。

「でも、私なりに責任を感じています。なにか協力できることはありますか？」

頼もしいサクラの申し出に、美月はうなずいた。


八木沼ユキナの家は、高級住宅街の西木小井界隈でもひときわ敷地が広く、見事な外観の屋敷であった。庭木の成長具合から推測すると、もしかしたら土地開発がされる前から建っていたのかもしれない。

美月たち三人は、まずは離れた場所から家の様子をうかがった。

門の横に、『八木沼康生《こうせい》　連絡事務所』と書かれた看板が掲げられている。自宅兼事務所のようだ。

代議士という職業は、地元からの支援が不可欠であるためか、PTA活動のほかに、NPO法人や町内会、子供会の運営にも関わっているらしい。

「さて、どのように攻略するかな」

正攻法でいくべきか、それともなにか策を練ったほうがよいのか。だが、ソラのことを考えると、ゆっくりしている時間はない。

「ここでやりとりするのはまずいかもしれません」

サクラが言った。

事務所には、ときどき関係者らしき人が出入りしている。確かにこんなところを見られたら、不審に思われるだろう。

「私がスマホで呼び出します。そうですね、田名子公園の入り口付近で待っていてもらえますか？」

「わかった。よろしく頼む」

サクラの誘いなら、ユキナも応じるだろう。〝招待状〟の顚末《てんまつ》も知りたいに違いない。

ひとまずこの場はサクラに任せ、美月と陽華、そしてケンタは、先に田名子公園に向かうことにした。

やがて打ち合わせをしたとおり、サクラはユキナを公園に連れてきた。陽華とケンタには、少し離れたところに隠れていてもらう。

八木沼ユキナは大人びた顔立ちの、きれいな少女だった。ミニスカートにハイソックス、上にはエンブレムのついた上品なデザインのジャケットを着ている。

美月の姿を見ると、ユキナはすべすべした頬にえくぼをつくりながら、にっこり笑った。

「犬のしつけ教室で働いている人ですよね。学校に行くとき、ときどき見かけていました」

大人と話すことに慣れている。美月が最初にユキナに抱いた印象はそれだった。

妙にこびたり、居丈高になったりもしない。礼儀正しく、堂々と話す。——小学生にしては、そつがなさすぎるくらいに。

これは気を引き締めてかからないと。子供と侮ると、こっちが反撃を食らうかもしれない。

「私のことを知っているなら話が早いな。犬の訓練士をしている天野だ。生徒の家から、ちょっと頼まれごとをしてね」

「ここに来るあいだ、サクラちゃんから少しだけ話を聞きました」

ユキナは、隣に立っているサクラに視線を向けた。

どこまで状況を把握しているのだろう。

陽華に手紙を渡す役はサクラだった。だから、当然ユキナも、サクラと陽華が接触した可能性があることはわかっているはずだ。

けれど、ケンタも一緒にいること、そして、我々が別荘に行ったことまでは、聞いているのだろうか。

「単刀直入に聞く。五島陽華ちゃんの犬を、きみはどうしたんだ？」

するとユキナは、きょとんと目を丸くした。

「どうして私が疑われているんですか？　陽華ちゃんには、ちゃんとソラちゃんの居場所は伝えたのに……。いくら待っても迎えにはきませんでしたけど」

ユキナは、ソラを連れていったことは肯定したが、悪意については否定した。

「『招待状』というのは、どういう意味で書いたんだ？」

「そのままの意味です。あの場所には、うちの別荘があるんです」

ユキナは「わけがわからない」というように、わずかに首を傾けて美月を見た。

だが、その姿が演技だということに、美月は気がついていた。話す速度、会話の間。この子の頭の中には、ちゃんとシナリオが存在している。

人間の脳は、右脳と左脳で役割が違う。〝芸術家は右脳派〟と言われるように、右側は知覚、感覚を司る。それに対し、左脳は文字や言葉を認識し、論理的な思考を行う。

ユキナは顔を左に傾け、右側の目で美月を見ていた。つまり、〝左脳〟を使って美月と対話しているのだ。

では、どうして〝演技〟をする必要があるのか。なにか思惑や後ろめたいことでもない限り、正直に話せばいいことなのに。

美月が追及を続けようとしたとき、隠れていたはずのケンタが飛び出してきて叫んだ。

「おまえ、いい加減なことを言うな！　犬を保護しただけなら、すぐに五島の家に届けるなり、警察に連れていくなりするはずだろう！」

突然のケンタの登場に、さすがのユキナも驚いたようだ。けれどすぐに、「ああ、そういうことね」と笑顔を消した。

「陽華ちゃんもそこにいるんでしょう？」

ユキナは、美月の背後に視線を向けた。すると、遊具の陰から陽華が姿をあらわした。

陽華はおずおずとこちらに近づき、美月とケンタのそばで止まった。そんな陽華に、ユキナは冷たい視線を投げつけた。

「どうして大人を頼るの？　言いたいことがあるなら、自分の口からはっきり言えば？」

「……ごめんなさい」

ユキナは返事をせず、冷めた目で陽華のすることを見ていた。隣にいるサクラも、なにも言わない。

「……見た目が弱そうな人って得だよね。ケンタくんみたいな正義感まる出しの男子とか、子供の話を鵜呑みにして説教しに来るような大人とかが、すぐに助けてくれる」

——ユキナのまとう空気が、さっきとは変わっているような気がした。

怒り、あきらめ、それから嫉妬？　それらの感情を抑えるように、両手を強く握りしめている。

「おまえ、いいかげんにしろっ！」

ケンタは陽華をかばうように前に進み出た。するとサクラが「あんた、ちょっと黙ってなよ。首突っこむなって警告したじゃん」と三人のあいだに割って入った。

ユキナは、陽華とケンタの顔を見比べ、意地悪く唇をゆがませて笑った。

「ケンタくん、陽華ちゃんのこと好きなんだね。とーってもわかりやすい」

ユキナがからかうと、ケンタは顔を赤くし、「違う！　俺はいじめをするような卑怯な奴がきらいなんだ！」といきり立った。

もう演技をするのはやめたようで、ユキナの姿勢はまっすぐになっている。

ケンタが〝いじめ〟だと感じたように、ユキナの言動には、陽華に対する非難が見え隠れしていた。けれど、言っていることは正論だった。

あいだに立たなければ、と思ったが、〝子供の話を鵜呑みにして説教しに来る大人〟というユキナの言葉が、美月にストップをかけた。

美月はいつになく迷っていた。普段は瞬間的に状況が判断できるのに。

「陽華ちゃん、家に連絡してみた？」

「……え？」

「さっきも言ったけど、私は迷子の犬を見つけて保護しただけ。よく見たら、首輪に住所と名前が書いてあったから、ちゃんと家まで送り届けたよ」

陽華とケンタがＳＴＥＬＬＡに来たのは午後一時。いまはもう五時になっている。

山へソラを探しにいく前に、須寺に子供たちの家へ電話を入れてもらったが、それきりだ。

――なんてことだ。ソラは故意に連れていかれたと思いこんでいて、家に帰されているという可能性がすっかり頭から抜けていた。完全に、私の落ち度だ。

美月はすぐに、陽華に自宅へ電話をかけさせた。ユキナの言うとおり、ちゃんとソラは家に帰っていた。

「ごめんなさい。……ユキナちゃん、ごめんなさい」

ケンタも気まずそうな顔で、ユキナから目をそらしている。

「謝るなよ、五島。早とちりして突っ走った俺も悪かったんだから」

ふたりのやりとりを見て、ユキナは「べつにいいよ。わざわざ『招待状』を送った自分を、バカみたいだとは思うけど」と感情を込めずに言った。そして今度は、挑むように美月に視線を向けてきた。

「しつけ教室の人も、余計なことをしないほうがいいと思いますよ」

「……余計なこと？」

「なんにも事情を知らないくせに、人を犯人扱いして。勝手なイメージでレッテルを貼るのって、ものすごく傲慢な行為ですよね」

それは、はじめて見せる、むき出しの敵意だった。

ユキナの父親は代議士で、母親はＰＴＡの会長をしている。その肩書と、親が犬を嫌っているという情報だけで、美月はユキナのことをいじめの主犯であり、故意にソラを連れていったと決めつけた。そのことに、ユキナは怒っているのだ。

「……すまなかった。ソラはうちの生徒だったから、早く見つけてやらなければと焦っていた。サクラちゃんにも、迷惑をかけた」

ユキナは、まっすぐに美月を見続けている。

「見た目だけで判断する人っているじゃないですか。多かれ少なかれ、人間ってそういう部分があるんでしょうけど」

ユキナは毅然と大人びた言葉を話すが、寂しそうでもあった。おそらくいままでも、同じような扱いを受けたことがあったのだろう。

やがて彼女は礼儀正しくお辞儀をし、サクラと一緒に帰っていった。

人は、見た目が八割だと思っていた。美月が相手をしている犬たちは、言葉を話さない。だから、仕草や声の調子で判断するしかない。

そしてそれは、飼い主である人間に対しても当てはまると思っていた。服装や顔つき、些細な仕草で、どんな人物なのかを推測する。

——ユキナの最後の言葉が、美月の心に刺さる。

もしかして、いままで美月がしてきたことは、ものすごく傲慢な行為だったのではないか。


美月は陽華とケンタを自宅まで送り届けた。

少し毛が汚れてはいたものの、ソラはケガもなく、とても元気だった。

「こんな時間まで陽華ちゃんを連れまわしてしまって、すみませんでした」

「いいえ、こちらこそトラブルに巻きこんでしまって」

陽華の母親はそれきり無言になった。

挨拶をし、ドアを閉めた瞬間、「陽華っ！」と怒鳴り声が聞こえた。

「ごめんなさいっ」

陽華の泣き叫ぶ声が、外まで聞こえてきた。美月は玄関先でぎゅっと目をつぶる。あの性格だ。陽華は、学校でも家でも、自分の言いたいことをなにも言えないのだろう。自分が行って、どうにかしてやりたい。けれど、家庭に介入する権利もないし、責任を持つこともできない。

——言いたいことがあるなら、自分の口からはっきり言えば？

心が痛い。小学生のユキナのほうが、よっぽどちゃんと、人を見ている。

◇

「しっかし、いまどきの小学生って、大人顔負けのことを言うんだな」

土鍋に斜め切りのネギを入れながら、糸川は「こっわ〜」というセリフをさっきから繰り返している。部屋のなかにはマイタケのよい香りが充満していた。今夜は豆乳鍋になったらしい。

「親の立場もあるからな。本音と建前を使いわける必要があったのだろう」

美月がテーブルに卓上コンロをセットすると、鍋つかみをはめた糸川が、キッチンから土鍋を運んできた。美月は居間の食器棚から小鉢を取り出して並べる。糸川はスピカ用に、別に白菜を湯通しして刻んでくれていた。

ほかほかと湯気のあがる土鍋を、糸川と囲む。いただきます、と両手を合わせ、ふたりと一匹で夜の宴を始めた。

今日の出来事を思い出すと、気が滅入る。

ユキナは、ほぼ初対面の大人に対しても、正々堂々と意見を述べた。

情けないことに、美月は終始、傍観者であった。客観的に状況を判断する大人のつもりで同行していたのに、すっかりユキナの気迫にのまれてしまったのだ。

「まあ、元気出しなよ。犬も無事に見つかったことだし」

糸川は鶏肉と野菜、そして乳白色のつゆを小鉢に取り分けてくれた。あたたかな食事と糸川のやさしさが、疲れた体に染みる。

「私たちが小学生のころ、あんなぎすぎすした友達関係なんてあっただろうか」

「どうだったかな。でも、俺は天野によく助けてもらっていた気がする。ケンタくんって子は、昔のおまえによく似てるよ」

いまでこそ百八十センチの長身だが、小学生のころまで、糸川は背の順に並べば必ず前から三番以内に入っていた。色が白くひょろひょろで、ついたあだ名は『モヤシ』である。

小学生にとっては、勉強よりもスポーツ、やさしさよりもおもしろさが人気の要素だ。頭はよかったがおっとりしていた糸川は、同級生からいつもからかわれていた。

ちなみに美月は、ユキナとは別の意味で、同級生や周りの大人から一目置かれる存在だった。背は低かったが気が強く、ついたあだ名は『マメ軍曹』。

「しかしなあ、仮にも女子に『軍曹』はないだろう」

「あはは。でも天野、昔から勇ましかったからなあ」

スピカの腹を撫でながら、遠い昔のことを思い出す。

一学年二クラスしかない小学校で、美月は糸川だけでなく、ほかの同級生とも家族のように育った。誰かが悪さをすれば、近所の大人が自分の子供と同じように叱った。どこかのおじいさん、おばあさんも、犬も猫も、みんなが顔見知りだ。

「そういえば、糸川の家族と一緒に遊園地にも行ったよな」

災害救助犬の訓練士だった美月の両親は、有事があれば世界中のどこへでも飛んでいった。そんなとき美月が預けられたのが、糸川の実家だ。

ひとりで寂しいだろうと、糸川の両親は、息子たちと一緒に美月のこともあちこち遊びに連れていってくれた。

「そうそう、アスレチックの池で俺、うちの兄貴に突き落とされたんだよな」

「で、仕返しに、私がおまえの兄貴を池に突き落としてやった。……そうだ、そのときあいつに、『マメ軍曹』ってあだ名をつけられたんだ！」

記憶が一気によみがえり、糸川と一緒に大笑いした。

「……いまの子供たちは、心の拠《よ》りどころとなるような友達がいないのだろうか。派閥とか、マウンティングとか、大人になれば嫌でも巻きこまれることに、いまから飛びこんでいかなくてもいいのにな」

陽華のことはもちろんだが、大人びた目をしたユキナや、感情を出さないサクラのことも気になった。

外部から遮断された学校の中というのは、こちらが思っているほど平和ではないようだ。教師は保護者の顔色をうかがい、平等という名のもとに、均一で無難な教育サービスを行う。保護者は保護者で、子供に過剰な期待をかけ、友人関係にも干渉してくる。

そして、〝叱る〟と〝怒る〟が区別できていない。ただ感情をぶつけるだけでは、子供はなにが正しいことなのか、理解できない。

いや、もしかしたら大人自身も、なにが正しいのかわからないのではないか。他人の立場に立って考える。そんな基本的なことができず、自分の損得勘定だけで動いてしまう。

糸川は、美月の隣に座り、前を向いたまま肩を抱き寄せた。

昔はモヤシみたいだったのに、いつの間にか糸川は、美月よりも大きくたくましく成長していた。

「これだけは言っておくな。どんなことがあっても、俺は天野の味方だから」

「……ありがとう」

美月は目をつぶり、糸川の肩に頭をのせた。

あたたかい。信頼できる誰かが一緒にいてくれるから、くじけそうになっても踏ん張ることができる。

糸川、須寺社長、スバル院長、糸川の両親、そして隣で寝ているスピカ。

自分には、頼ってもいい腕が、こんなにもたくさんある。

◇

「まだ予約キャンセルだど」

須寺は受話器を置き、すまなそうに言った。

今日は朝から雨が降っていて、トレーニングはホールで行われていた。台の上に仔犬を乗せ、歯磨きの練習をしていた美月は、よそ見をしているうちにガブリと手を噛まれてしまった。

「なんだべ、しつけ教室で噛み癖つかさったなんてシャレになんねがら、気いつけてやらいんよ」

「申し訳ありません」

美月はスケジュールの書かれたホワイトボードに視線を向けた。空欄が目立つ。

ここ数日、ＳＴＥＬＬＡの依頼が次々キャンセルされている。散歩の代行、トリミングの送り迎え、出張トレーニング……。いよいよ路頭に迷ってしまうかもしれない。

フェンスの向こうの通学路では、色とりどりの傘を広げた小学生が歩いていた。今日は下校時間が早いみたいだ。だが最近、挨拶しても無視されることが増えている。

ソラの行方不明事件は、思わぬ方向に飛び火した。

美月がスピカと小学生を連れて山に入るところを、バーベキューに来ていた人たちが目撃していたらしく、犬の誘拐犯が美月だということになってしまったのだ。

そのせいで、愛犬しつけ教室STELLAの評判は、地に落ちていた。

「親のいねえところで、子供たちだけに話さ聞ぎにいったのは、まずがったねえ。学校さも連絡いってるみでえだど」

「迂闊でした。だいぶ事実とは違っていますが、反論できないです……」

連れていたのはトイ・プードルではなくビーグル系MIXだし、飼い主である陽華も一緒だった。噂というのは無責任に拡散する。

そのとき、カウンセリング室の扉が開き、当の五島陽華が顔を出した。

「どうした？　勉強でわからないところでもあったのか？」

「いえ、なんとなく落ち着かなくて……」

ホールの端に置かれたサークルの中で、トイ・プードルのソラがぴょんぴょん跳ねる。ご主人様の顔を見ることができてうれしいらしい。

陽華はソラの頭を撫でたあと、外を見た。生垣の向こうから、小学生が何人か、陽華をからかうようにテラスをのぞきこんでいる。

美月はブラインドを閉めた。カウンセリング室からはテラスの様子がよく見えるので、陽華は居心地が悪くなったらしい。

陽華はいま、週三回ソラと一緒にSTELLAに通っている。

――ソラが迷子になった事件は、美月だけでなく、当事者である子供たちや、親をも巻きこんでの騒動に発展しつつあった。これを契機に、ユキナの母親が、犬を規制する署名を呼びかけはじめたのだ。

娘のユキナも事件に関わったと聞き、黙っていられなかったらしい。

西木小井町では犬を散歩させるコースを制限すること、また、すべての犬を室内飼いにするか、完全に防音設備の整った犬舎でのみ飼育すること。それらを地区の条例に加えるよう、NPO団体の名義で提案していると聞く。

だが、愛犬家たちも黙ってはいなかった。自分たちは、地域に迷惑をかけないように十分配慮している。過剰に制限するのは、動物愛護の精神に反するのではないのか、と。

犬を飼う者と、そうでない者。お互いに、もやもやした不満をずっと心に抱えていたのだろう。この事件をきっかけに、それらが一気に噴出してしまった。

犬を逃がしてしまったのは陽華の落ち度だ。だが、保護者の付き添いなしで小学生が犬の散歩をするのはどうか、そもそもマナーの悪い飼い主が多すぎるなど、問題はどんどん多方面へ波及していく。

地域を巻きこんでの大騒動に発展してしまい、責任を感じた陽華は、学校へ行くことができなくなってしまった。

——引っ越してこなかったほうがよかったのかもしれません。

数日前、陽華の母親はそんなふうに悩みを吐露した。

広い庭のある環境のよい場所で、犬を飼って子供をのびのびと育てたい。そう思って、陽華の両親は、西木小井町にマイホームを買った。ただ、それだけのことだったのに。

隣に住んでいるケンタの話によると、家で犬を飼っているというだけで、ユキナという子は夏休み、陽華だけを花火大会に誘わなかったようだ。そこからいじめが始まったという。

「陽華を転校させることも考えています。でも、泣き寝入りはしません。だいたい八木沼さんは、親子そろって地域を好きなように仕切っていて」

陽華の母親は、八木沼親子が諸悪の根源なのだ、と怒りをあらわにした。美月はなにも言うことができなかった。

責任の一端は美月にもある。だから、学校へ行くことができるようになるまで、陽華もソラと一緒にここへ通わせたらどうかと、せめてもの提案をした。

陽華の母親も、このまま娘が引きこもりになるよりは、と提案を受け入れてくれた。


「陽華ちゃん、休憩しようか。今日はソラが新しい技を覚えたから、見てあげてくれ」

ソラがＳＴＥＬＬＡに通い始めて、七か月が経つ。「マテ」「スワレ」「フセ」などの基本的な動作はできるようになり、いまは中級レベルのトレーニングをしていた。

美月はソラを窓際まで連れていき、「マテ」と手のひらを向けた。そしてホールの反対側に立ち、ソラと向き合って「スワレ」と指示を出した。

ソラがその場でちょこんと座る。ここまでは、ソラもすでにマスターしていた動作だ。

美月は陽華に「見てて」と合図を送った。

そして人さし指をピストルの形にしてソラに向け、「バーン！」と言いながら撃つ真似をした。するとソラは、「キューン」と鳴き、その場で横向きにぱたりと倒れた。

春華は目を丸くして驚いている。美月は笑みを浮かべながら、次の号令をかけた。

「タッテ」

すると、なにごともなかったように、ソラはぴょこんと立ち上がった。

「コイ！」

ワンワンと吠えながら、ソラが美月のほうへ喜び勇んで駆けてきた。美月はしゃがんでソラの首や頭を撫でる。ソラは褒められてとっても嬉しそうだ。

「すごい！」

陽華の顔が、ぱっと明るくなる。

「やってみるか？」

陽華は「やる！」と即答した。

窓際までソラを連れていき、「スワレ」と号令をかけた。ソラは「ヘッヘッヘッ」と舌を出し、お尻をぺたんと床につけた。

「……タテ！」

ところが陽華が次の号令をかけても、ソラはそのまま座りつづけている。「おかしいな」と陽華は首をかしげた。

「タッテ、とはっきり区切って指示を出すんだ。あやふやな言葉や、毎回変わる号令は、犬も混乱する。毅然と、力強く発音すること。上手にできたら、思い切り褒めてやってくれ」

美月がそう教えると、陽華はうなずき、今度は「タッテ」と言葉を区切りながらはっきり指示した。

「ワン！」

ソラがぴょこんと立つ。そして「バーン」という合図でぱたりと倒れ、「コイ！」と言うと、タタタッと走り寄ってきた。

「ヨシ！」

ニコニコしながら陽華はソラを褒めた。ソラもうれしそうにしっぽを振る。

マテ、スワレ、タッテ、コイ。言葉と仕草で、人と犬はコミュニケーションをとることができる。飼い主は犬が自分の言うことを聞いたことに感動し、犬は飼い主の喜びを感じ取って、もっと期待に応えたいと思うのだ。

トイ・プードルはとても頭のいい犬種だ。個体によって性格もいろいろだが、ソラは賢く、飼い主が好きで、服従心がある。もっとちゃんとしつけをすれば、競技会にも出られるレベルになるだろう。

「そうだ、今度の休みの日、訓練の見学に行ってみないか？　知り合いが、警察犬の訓練所を経営しているんだ。ドッグ・スポーツのインストラクターもしている。見てみたくないか？　犬がハードルを飛び越えたり、トンネルをくぐったりするところを」

「見たい！」

「じゃあ、ご両親に許可を取っておいてな」

「うん！」

陽華にとって、犬の服従訓練はよいきっかけになるかもしれない。この子に必要なのは、自分の意思をはっきり言葉にすること。そして、自信だ。


次の日曜日、美月の運転で、陽華とソラ、スピカは隣町の糸川警察犬訓練所を訪問した。そこは糸川の実家であり、また、美月の両親がかつて働いていた場所でもある。

「私の両親は、災害救助犬の訓練士をしていたんだ」

「災害救助犬？」

「地震のとき、瓦礫に埋もれた人を捜し出したり、山で遭難した人を救助したりする犬だ。スピカも二年前まで災害救助犬として働いていた。ビーグルは度胸があるから、障害物があっても怖気づいたりしないし、鼻もいい。動けなくなったお年寄りを見つけて、助けたこともあるんだぞ」

「すごいねえ、スピカ」

陽華は後部座席を振り返り、ケージに入れられたスピカを見て目を細めた。

車に慣れているスピカは、腹ばいになってのんびりあくびをしている。反対にソラは落ち着かないようで、車が止まるたびにワンワンと吠えていた。

電車だと二駅だが、田舎は駅と駅のあいだにとてつもない距離がある。入り組んだ細い路地を通り、三十分ほどかけてようやく目的地にたどり着いた。

糸川警察犬訓練所は、二階建ての自宅を兼ねた事務所があり、幼稚園の園庭ほどのグラウンド、そしてプレハブの犬舎がある。周囲は林だ。

「おお、来たな」

ウインドブレーカーにジーンズ姿の男性三人が、美月と陽華を出迎えてくれた。糸川宙と兄、そして父親である。

この訓練所は糸川の父が経営していて、三歳違いの兄が跡を継ぐことになっていた。

「陽華ちゃんと天野はフェンスの外で見ていて」

そう言って糸川はグラウンドに入っていく。今日は糸川が、ジュピターのトレーニング風景を見せてくれるらしい。

マテ、の合図をすると、ジュピターはきちんと座って糸川が器具を設置するのを待った。元気の塊みたいなジュピターを、ここまで訓練するのは根気が要ったと思う。

「ジャーマン・シェパードは忠誠心の強い犬種で、飼い主以外の命令は聞かないことが多い。ジュピターはここで生まれて、一度ほかの家にもらわれていった。だが、性格が合わないということで返されたんだ。それからは糸川が面倒を見ている。飼い主が変わったせいで、ジュピターはなかなか糸川に心を開くことができなかった。新しい環境に慣れるのが大変なのは、人間も犬も一緒だ」

陽華は美月の説明にうなずくと、自分の境遇とジュピターを重ねたのか、「大変だったんだね」と呟いた。

「でも、いまは糸川をパートナーだと認めている。見ていてごらん」

糸川が戻ってきて、ジュピターの隣に立った。ジュピターは糸川を見上げ、糸川はジュピターを見おろした。しばらくのあいだアイコンタクトをとる。

「アトへ」

号令をかけると、糸川の歩みに合わせてジュピターが歩きだす。リードはつけていない。だが、まるで見えない紐でつながれているように、ジュピターは糸川の左足にぴったり寄り添い、脚側行進《きゃくそくこうしん》をする。

糸川が駆け足を始める。するとジュピターも走りだした。二者の歩調がぴったり合う。フェンスに沿って一周したあと、糸川とジュピターは真ん中あたりで直角に曲がった。グラウンドの中央にはハードルがふたつと平均台、そしてじゃばらのトンネルが並べてある。

「GO!」

合図と同時にジュピターが駆けだした。軽々とふたつのハードルを飛び越え、平均台のスロープも駆け上がる。バランスを崩さずに端まで渡ると、ジュピターはゆっくりと平均台を下り、「クグレ!」という号令でトンネルの中に全速力で突入した。

「すごい！　速いね！」

　ソラを抱きしめながら、陽華はフェンスにへばりつくようにして、糸川とジュピターの動きを目で追った。

　青空の下、思い切り体を動かすジュピターは、とてもいきいきしていた。犬は走ることが好きだが、それ以上に、飼い主となにかをすることが楽しいのだ。

　飼い主と同じ速度で歩く。号令に合わせて走り、障害物を乗り越える。そして笑顔で褒めてもらう。それが、犬にとってのいちばんの幸せだ。

　ジュピターのトレーニングが終わると、今度は犬舎にいるほかの犬を交えての自由運動となる。

　訓練所では、警察犬や救助犬、デモンストレーションやコンテスト用など、種類、年齢、大きさもさまざまな犬が、七十四匹ほど飼われていた。

　犬は社会性のある動物だ。いろんな種類の犬と交流することも、立派な訓練になる。

「ソラははじめてだから、まずはサークルの中に入れて様子をみようか。スピカは大丈夫だな。ジュピターより大きな犬もいるけど、みんな訓練されているから平気だよ。ソラがストレスにならない程度に触れあわせてみよう」

　糸川はそう言って、ソラを抱きあげた。

　美月と陽華も、フェンスの中に入って見守る。端に置かれたサークルに入れられたソラは、最初は不安そうにくるくると回っていた。

美月はスピカのリードを外すと、「トッテコイ！」と言って、持ってきた〝イヌのホネ〟を遠くに投げた。

「アウン！」

解放されたスピカは、イヌのホネに向かって一直線に走る。

やがて糸川の父親と兄が、犬舎のなかからさまざまな犬を連れて出てきた。

ふさふさしたクリーム色のゴールデン・レトリーバー、いかつい顔のブルドッグ、黒い柴犬、お尻の丸いコーギー、そして最後にやってきたのは、体の大きなバーニーズ・マウンテンドッグである。艶のあるトライカラーの長い毛。体は大きいが、頭のよい使役犬で、性格も温厚だ。

「ほら、みんな遊べー」

糸川がポイポイとおもちゃを投げる。すると、犬たちはお気に入りのおもちゃめがけて突進した。

飼い主と遊ぶことが好きな犬もいれば、おもちゃでのひとり遊びが好きな犬もいる。ほかの犬と仲良く遊べる子、臆病な子、犬もそれぞれだ。

「ソラ、大丈夫かな……」

ゴールデン・レトリーバーやバーニーズ・マウンテンドッグ、そしてシェパードといった大型犬が多い中で、トイ・プードルのソラは赤ちゃんみたいに小さい。

「サークルに入れてあるから大丈夫だ。それに、見てみろ。どうやらソラも一緒に遊びたがっているらしいぞ」

ソラは、おもちゃを咥えて走るほかの犬を見ながら、「じぶんもあそびたい！」と言わんばかりにぴょんぴょん跳ねている。

「いまはまだ、ほかの犬たちも外に出たばかりでテンションが上がっているから、もう少ししたらソラも放してみよう」

糸川が、グラウンドを見わたしながら言った。

しばらくすると、犬たちは、おのおの相性のいい相手と遊びはじめた。スピカとソラは、サークル越しに鼻をくっつけている。

「スピカ、ソラの面倒を頼むぞ」

サークルからソラを出してやる。すると、小さな体を嬉しそうに跳ねさせながら、ソラはあっという間にはじっこまで駆けていった。並走するように、スピカも追いかける。

ソラはときどき、ほかの犬が持っているおもちゃを横取りしようと挑んでいくけれど、そんなときはスピカが「ウッ」と唸って叱った。もちろん本気ではない。スピカはお姉さん役になって、犬社会のルールを教えているのだ。

「ソラは度胸があるな」

手のひらを額にかざしながら、美月は団子になって転がっている犬たちを見つめる。

「ソラは偉いなあ。自分より大きな犬とも遊べてる。なのに私は……」

「陽華ちゃん、ソラは安心しているんだよ、飼い主であるきみが、そばで見守ってくれているから」

陽華は顔を上げて美月を見た。

「ソラは、とてもいい子だな。一緒にいる家族が不安定だと、どうしても犬も神経質になってしまいがちだ。けれどソラはとても素直だ。これは、きみが家でソラをとても大事にしているからだと思う」

学校で嫌がらせを受けても、親同士がいがみあいをしていても、陽華はなんとか踏ん張っている。引っ込み思案で言いたいことの半分も言えないが、心の根底にやさしい気持ちを持っている。それが、ソラにもちゃんと伝わっているのだ。

「天野先生、あの……」

「ん、なんだ？」

陽華は下を向いて、なにかを迷っている。美月は少しのあいだ待って、「きみの気持ちが楽になるなら、ゆっくり話してみればいい」と言った。

陽華は「あの……あの……」と言いよどみながら、やっとのことで言葉を絞り出した。

「……ソラのことで、ユキナちゃんを責めないでほしいんです」

「きみは優しいんだな」

母親がユキナをいじめの加害者扱いしていることに、心を痛めているのだろう。

けれど陽華は首を振った。

「みんな、誤解しています。ユキナちゃんがあんな態度をとったのには、ちゃんと理由があるんです。……それに、もともと、いじめなんかなかったんです！」

「え？」

美月は目を見開いた。

◇

夕方、おへやで寝ていると、おねえちゃんがわたしをおこしにきました。

「ソラ、さんぽにいくよ」

おそとはだいすきなので、わたしは「ワン！」ととびおきました。

リードをつけて、ごきげんでゆうほどうを歩きます。さんぽに出ると、たくさんの犬のおともだちにも会えるので、とっても楽しいです。

タナゴこうえんまでくると、夕方の音楽がなって、ぱっとがいとうにあかりがつきました。

女の子がふたり、こっちにむかって手をふっているのが見えます。

「ひさしぶりだね。まさかハルカちゃんのほうから声をかけてくるなんて思わなかった」

「……急に呼びだしちゃって、ごめんね」

おねえちゃんとそんなことを話しているのは、ユキナちゃんとサクラちゃんです。

〝けいさつけんくんれんじょ〟に行ってから、おねえちゃんはなんだかちょっとかわりました。きもちをすなおにつたえようと、決めたみたいです。

おねえちゃんは、「ソラがまいごになったとき、助けてくれてありがとう」とユキナちゃんに言いました。ユキナちゃんは、「ひさしぶりに犬と遊べて、たのしかった」とえがおでこたえました。

そのようすを見て、サクラちゃんも「ハラハラしたよー」と笑っています。

おねえちゃんたちは、しばらくのあいだ、〝つもるはなし〟とやらをしました。

「こんど、犬を飼っている家の集まりがあるんだけど、ユキナちゃんのおかあさんも参加するみたいだよ」

「うちの親!?」

ユキナちゃんはおどろいてさけびました。

「そういえばうちの母親、町内の苦情を集めてパソコンにうちこんでた。証拠はそろったとかなんとか言って」

「なにそれ、討ち入りでもするつもり?」

サクラちゃんは頭がいいので、〝うちいり〟なんてむずかしいことばも知っています。

「なにもしないでいたら、わたしたちのことも、前みたいにどんどん勝手に決められちゃう。言いたいことはちゃんと言わなきゃ。行動で示さなきゃ」

いままでとはちがう、おねえちゃんのつよいことばに、ユキナちゃんとサクラちゃんは、「うん」とうなずきました。

「そうと決まれば、〝秘密の場所〟で作戦会議だよ」

それからおねえちゃんたちは、ときどき〝ひみつのばしょ〟にあつまるようになりました。

◇

その日は雨が降ったりやんだりと、はっきりしない空模様だった。

十二月。年末年始は帰省のため、ペットホテルに犬を預ける家も多い。そのため、留守番の練習目的でSTELLAでのトレーニングを始める家もあった。

人の噂も七十五日というが、美月の評判が落ちたのも一時的なことで、ふたたび客足は戻ってきていた。

糸川警察犬訓練所に行ってから、ひと月が経つ。ソラへの訓練のため、引き続き週三でSTELLAに通っている陽華は、少しずつ大きな声が出せるようになっていた。

相手に伝わるように、はっきりと話すこと。簡単なようで、これがなかなか難しい。

最初は犬の顔色を見ていた陽華だが、美月の指導もあって、犬は毅然とした指示に従うものなのだとようやく理解できたようだ。

そして最近学校へも行きはじめたらしい。大きな犬の中にも飛びこんでいったソラ。ソラをフォローしていたスピカ。それを見て、自分も負けてはいられないと思ったようだ。

しつけ教室に通う犬たちのお迎えもひととおり終わり、美月は須寺と一緒にスタッフ用のテーブルで一服する。

「今日、スバル動物病院では早めの忘年会をするらしいですよ。焼き鳥BOMBERで」

「この時期は、忙しくなっぺもん。いまのうちだべ」

クリスマスから正月にかけては、誤飲誤食で動物病院に運ばれてくる犬が多いと聞く。チキンを骨ごと食べてしまったとか、プレゼントのアクセサリーを飲みこんでしまったとか、飼い主が真っ青な顔で駆けこんでくるらしいのだ。緊急手術をしたところ、クリスマスツリーのオーナメントが腹の中から出てきたこともあった、と糸川は言っていた。チョコレートやレーズン、それからアルコールは、命に関わる中毒を起こす場合もあるので要注意だ。容体が急変してから運びこまれるパターンが多く、この時期の獣医師たちは、戦々恐々としている。

「うちは平和ですねえ」

旅行や帰省で留守にするあいだ、家の鍵を預って散歩や餌やりをするペットシッターの個人的な依頼がいくつか入っているのみで、年末年始のしつけ教室はとても暇だ。月一回のパピー・パーティーも、クリスマス会を兼ねて早々に終わらせている。

「ペットホテルはやらないんですか？　需要がありそうなのに」

ＳＴＥＬＬＡは通いのレッスンのみを受け付けており、客の犬を泊まりで預ることはない。須寺の自宅は隣だが、万が一のことを考えて、二十四時間体制での仕事は断っているようだ。

「おれも年《とす》だし、天野さんもいつかは結婚すっぺ？　この店はそこまで頑張ればええっちゃ」

「そうですか。ですが結婚に関しては、しばらくご期待には添えられそうにありません」

「んだが？　あんだの親も、天国で心配してっぺよ」

「あははは……」

このしつけ教室は須寺の道楽でやっているので、いつまで続けるのかはわからない。

須寺が跡を継がせたいと思えるほど、美月が技術や経験値、そして地域からの信頼を得られたらいいのだけれど。

「さて、片付けをして帰りましょうか」

今日はスーパーで歳末セールをやっているらしい。年末年始に向けて、少し買いだめをしておきたいところだ。

だがそのとき、予期せぬ電話が鳴った。

◇

西木小井町の集会所は、小学校の隣に建てられた公民館の二階にあった。

話し合いが始まる十分前になると、駐車場が埋まりはじめ、続々と住民が集まってくる。

今日はこれから、西木小井町内の住人たちによる意見交換会が行われる。

テーマは、『人とペットの共生について考える』だ。本来は、ペットの育て方や困りごとについて、お茶を飲みながら和やかに語りあう会だったらしい。

ところがそこに、『豊かな住環境を考える会』なるもののメンバーが参加表明をしてきた。住民同士の問題を解決する団体で、ゴミや騒音、路上駐車などのトラブルを防止する取り組みをしている。

そして現在問題視されているのが、犬や猫の飼育マナーだ。

これからどんな追及をされるのだろう。予想される質疑のことを思うと、呼び出されてしぶしぶやってきた美月は、とたんに憂鬱になった。

須寺と一緒に、開始時間である十八時三十分ぎりぎりに会場に入る。会議室には、長机とパイプ椅子が三十人分ほど並べられていた。

最後列に、同じように呼ばれたのであろうスバル院長の姿が見えた。須寺と美月は、「こんばんは」と小さく声をかけ、空いていた隣の席に座った。

ひと息ついて会場の中を見渡す。見慣れた顔がいくつもあった。STELLAに犬を通わせている飼い主が何人か。五島陽華と久我ケンタの母親もいる。

「二階堂さんも来ていますね。ラブラドール・レトリーバーの飼い主の。彼はどっち派なんでしょう」

美月が問うと、スバル院長が「中立派じゃないか？」と答えた。

「犬のオーナーとしては、なるべくほかの住民と波風立てたくないと思っているはずだ。だから、防犯パトロールにも積極的に参加しているんだろう。どちらかというと、息まいているのは『住環境を考える会』とかいう、ペットを飼育していない連中だ。そいつらにどれくらい理解してもらえるか。それが今日のポイントになるだろう」

「皆さん、ヒートアップしなければいいんですけど」

スバル院長も美月たちも、今日は専門家としての見解を述べるために急きょ呼び出された。ペット飼育に関する質疑応答のとき、補足説明をするのだ。つまり、ペット肯定派への援護射撃である。

「今日は忘年会だったのによう。畜生、帰りてえ」

スバル院長がぼそりと呟いた。そのとき、マイクを持った司会者が、開始時間になったことを告げた。

「皆さま、今日はお忙しいところお集まりいただき、ありがとうございます。今日の意見交換会のテーマですが、『人とペットの共生について考える』でございます。みなさまもご存じのとおり、現在わが西木小井町では、ペットを飼っているお宅が非常に多く――」

「前置きはよろしいので、本題に入られてはいかがですか？」

いきなりぴしゃりと司会を遮ったのは、最前列左側にいる女性だ。進行役のすぐそばに座り、手元に置かれた資料には、赤い字でたくさんの書きこみがされている。きっちりしたスーツと、ウェーブのかかったショートヘアは、いかにもビジネス・ウーマンといった風情だ。

発言した女性の顔は見えないが、おそらく彼女も『豊かな住環境を考える会』のメンバーなのだろう。

「そ、それではさっそく、議事に移らせていただきます。まずは議題の提案をしてくださった八木沼さん、お願いします」

指名されて立ち上がったのは、さきほど開始の挨拶を遮った女性だ。顔を見て、美月はあっと驚いた。八木沼ユキナにそっくりだ。

例の、犬嫌いのＰＴＡ会長か。これは、心してかからねばならない。

「本日は、『豊かな住環境を考える会』の代表として参加させていただきました。さっそくですが、ここ最近寄せられた、地域の声をまとめた資料をお配りいたします」

横に座っていた同じ会と思われる人物が、ホチキス留めされたＡ４のプリントを配る。

会場内が一瞬どよめいた。どうやら事前に申告されたものではなかったらしい。

美月ら三人のところにも資料が回ってきた。両面印刷された五枚ほどのもので、一ページ目から箇条書きでぎっしりと、ペット、おもに犬に関する苦情の具体例が書かれていた。

なるほど、資料を事前に配らなかったのは、これらの意見に対する回答の準備をさせないためか。ほかの参加者はただオロオロするだけであったが、須寺社長とスバル院長はすでに資料を読みはじめていた。

八木沼ユキナの母親が説明を始めるあいだに、美月もひととおり資料に目を通す。

フンの始末、無駄吠え、抜け毛、犬同士のケンカ。犬や猫が花壇を荒らした、宅配便の配達員が飛びかかられたなど、さまざまな状況が具体的な日時とともに書かれている。

犬のしつけに関するプロではあるが、あらためてペットに関するトラブルが多いことに愕然とした。

「夜中に吠える犬がいるということですが――」

「大型犬や、猛犬を飼われているお宅は――」

「犬を介して人間にも感染する病気があると聞きますが――」

八木沼の質問にペット肯定派の司会者や代表者も頑張って答えてはいるが、いかんせん相手は討論に慣れているようだ。愛犬家たちは苦境に立たされ、うろたえている。

そしてついに、スバル院長が応援を求められた。

「まずは資料にも書かれている衛生面ですが、これはもはや、飼い主のモラルに頼るほかなく――」

援護射撃どころか、八木沼たちを喜ばせるような発言に、美月は頭を抱える。

なんてことだ。これではますます、地域の犬たちを窮地に立たせてしまう。

だが、相手の意見を否定することなく、また、曖昧にごまかすことなく、スバル院長は事実を淡々と述べ続けた。

なるべくほかの住民と波風を立てたくない。今日のところは穏便に済まそう。きっとそう考えているに違いない。

「しつけに関しては、獣医師よりも適任がいますので。あとの説明は彼女に引き継ぎます」

スバル院長は、唐突にマイクを美月に手渡した。とっさに受け取ってしまったが、しつけ教室の責任者は須寺だ。ところが、隣に座っている須寺は、腕を組んで寝たふりをしている。

仕方がない。できるかぎり懇切丁寧な営業モードで応戦するしかない。

美月は立ち上がり、マイクを構えた。

「愛犬しつけ教室STELLAでトレーナーをしております、天野です。現在当方で行っている訓練法としましては——」

「それはいいますべき説明でしょうか？」

美月の答弁は、途中で遮られた。発言したのは八木沼だ。若い女性だと思って侮っているのが、ありありと表情に出ている。

「あなた、お店の宣伝でいらっしゃったの？　聞くところによると、バカ高い月謝をとってしつけ教室とやらを経営しているそうじゃないですか」

「そんなことは……いたっ！」

反論しようとした美月の足を、誰かが踏んづけた。にこやかに笑顔を浮かべたスバル院長と、相変わらず寝たふりをしている須寺だ。

両方の足を踏まれて涙目になりながらも、美月は気持ちを立て直した。ここで挑発に乗ったら、相手の思うつぼだ。

美月は咳ばらいをし、口の両端に力を入れて笑顔をつくった。

「おっしゃるとおり、決して安い料金ではありません。ただ、しつけ教室に犬を通わせているのは、皆さんに飼い主としての責任感があるからです。動物を飼うことは子供の情操教育にも役立ちますし、ご年配の方々の心の支えにもなります。どうか寛容に見守って――」

「責任？　おおかた子供のしつけも満足にできないような方々が、責任逃れのために通わせているだけでしょう？」

ああ言えばこう言う。どうやら揚げ足取りはお得意のようだ。笑顔を維持するのにもだんだん疲れてきた。

助けてくれ、須寺社長！

すると予想外の方向から、反撃の声があがった。

「いじめでクラスメートを不登校に追いやったお子さんがいるくせに、よくそんなことが言えますすね」

発言したのは五島陽華の母親だった。八木沼の顔が青ざめる。

「ご自身が子育てに失敗したからといって、攻撃の矛先を関係のない犬に向けるのはいかがなものでしょうか？」

「そうだ！　問題を大げさにしすぎだ！」

「そもそも公園や遊歩道は公共の場所だろうが！　国で規制されているわけでもないのに、どうして散歩ごときであだこうだと文句を言われなきゃなんねえんだ！」

「吠え声がうるさいからって、声帯手術しろとか殺処分しろとか、犬をなんだと思ってるんだ！」

「あんたらこそ、動物愛護法ってのを知らねえのか！」

言われっぱなしでぐうの音も出ずにいた愛犬家が、次々に声をあげはじめた。

それらの声に、八木沼もやり返す。

「それは問題のすり替えじゃないですか！　静かな環境を求めて引っ越してきた方だって多いのに！」

和やかに語りあうはずであった意見交換会は、美月の懸念どおり両者の意見が対立し、紛糾した。

「まあまあ、みなさん落ち着いて！」

中立の立場を貫こうとする二階堂を、「あんたはどっちの味方なんだ！」と双方が責め立てる。動物を飼うことへの理解を求めるという目的を、ほぼ全員が見失っていた。

「……俺、帰っていいか？　そろそろ忘年会が始まるんだが」

「ダメです！　暴力沙汰になったら、私と須寺社長では止められません！」

帰り支度を始めたスバル院長を、美月は慌てて引きとめる。

この場から逃げたいのは自分も一緒だ。だが、いじめの話も飛び出した。このままでは、また陽華を巻き込みかねない。

――そのとき、扉を開けて誰かが飛びこんできた。

「五島のお母さん、いますか⁉」

五島陽華の隣人、久我ケンタであった。ケンタの母親は、「あなた、なにしに来たの！」と慌てて立ち上がり、ケンタのほうに行こうとした。だがケンタは、「ちょうどよかった」と言って、陽華とユキナの母親のところへ駆け寄った。

「五島もソラも、家にいない！　八木沼や十宮と一緒に、山へ入っていくのを見たって、友達から連絡があった！」

「うちのユキナが？　そんなわけないでしょう」

八木沼は、胡散《うさん》臭そうにケンタを見た。

たったいま、陽華の母親から娘を不登校に追いやった犯人だと糾弾されたばかりだ。敵対する子供同士が、一緒にいるはずはない。

「どういうこと？」と陽華の母親がケンタに尋ねる。

「よくわからないけど……あいつら最近、ちょくちょく遊んでいるらしい。俺んとこに友達から連絡が来たのは四時くらいだけど、まだ帰ってきてないみたいだから……」

十九時を過ぎ、だいぶ空気が冷えこんでいる。もしも本当に山へ入ったとしたら、この時間まで帰ってこないというのはかなりまずい。それに最近、不審な男が徘徊しているという噂も聞く。

いったん話し合いは中断され、母親たちはそれぞれ自宅に電話を入れた。

やはり家には誰もいないらしい。サクラの家にも連絡したが、塾に行くと言って出かけたきり、帰ってきていないそうだ。

電話を切ったあと、八木沼は陽華の母親をにらみつけて言った。

「いいかげん、うちの子を巻きこむのはやめてもらえませんか」

「なんですって？」

ふたたび会場内が険悪な雰囲気に包まれる。だがさすがにもう、加勢する者はいない。

「ユキナは以前、犬に嚙まれて大けがをしたことがあったんです。それ以来、一切犬には近づけていません。なのにおたくの娘さんは、いつも犬を連れてきて。危ないし不衛生だと言っているのに……」

「勝手なことを言わないでください！」

陽華の母親も負けずに言い返した。

「聞けば、うちで飼っているソラが逃げたとき、そちらの娘さんが勝手にどこかへ連れていったというじゃないですか。そのあとうちに犬を届けてくれましたけど、とても怖がっているようには見えませんでしたよ？　完全にあなたの思いこみでしょう。最近流行りのモンスターペアレントってやつですよね」

「いまのは完全な侮辱ですよ!?　ここにいる皆さんが証人です！　いいでしょう続きは法廷でやりますか？」

「いじめの加害者側の言うことなんか、誰が信用すると思いますか！」

飛びこんできたケンタのことも、周りにいる住人たちのことも置いてきぼりで、母親ふたりはふたたびヒートアップしはじめた。

こいつら、自分の子供のことを、すっかり忘れていないか？

美月が思わず立ち上がろうとしたときだった。

「うるせ――――――え！」

――ガンッ！

喧騒を断ち切ったのは、スバル院長の怒鳴り声と、須寺社長の長机を叩く音だ。

その場がしんと静まり返る。

「おまえも、おまえも、うるせえんだよ！　俺は腹がへってるんだ！　さっさと帰らせろ！」

すると須寺が、「痛《いで》えなやー」と両方の手のひらをすり合わせながら言った。

「そんなことより、子供たちのことだべ。天野さん、おれにはなにがなんだがさっぱりわがんねえけども、あんだはどごさ行ったか、心当たりがあんでねえの？」

あの山荘だ。美月は瞬間的にそう思った。

「八木沼さんの別荘だと思います」

「わかった。俺は先に帰って警察と消防の連中に連絡しておく」

スバル院長が言うと、ユキナの母親が悲鳴をあげた。

「警察だなんて、うちの主人の名誉を傷つける気ですか！」

それを聞いた陽華の母親が、ふたたび八木沼を非難する。

「子供の安全よりも、体面のほうが大事なんですか？　責任感がないのはどっちでしょう」

「なんですって⁉」

まだ同じことを繰り返すのか！

今度こそ、美月もキレた。子供を盾にして身勝手な価値観を振りかざし、騒ぎを大きくしているのが自分たちだと、どうしてわからない。

「いいかげんにしろっ！　親同士のこんな諍《いさか》いをしょっちゅう見せられたせいで、子供たちはおおっぴらに仲良くすることができなかったんだぞ」

ふたりは驚いて美月を見た。そして気まずそうに下を向いた。

糸川警察犬訓練所に行った日、美月は陽華からこれまでのいきさつを教えられていた。

引っ越してきてはじめてできた友達が、ユキナとサクラだったこと。

別荘に犬を連れていったことがばれて、犬嫌いのユキナの母親に叱られたこと。

陽華とソラを守るために、三人は、表面的には仲良くするのをやめたこと。

やがて、些細なことがきっかけで三人の心がすれちがってしまい、気まずい雰囲気がクラス全体に広がってしまったこと。

本当は、みんなと仲良くしたいのだということ――。

「いじめなんか、最初はなかったんだ。ただ、無関係な周りのクラスメートや大人たちが、いじめの構図をつくっただけで。本人たちは仲良くしたがっていたし、犬もかわいがられていた」

美月は人さし指をふたりの母親に向けた。

「子供たちを追い詰めたのは、あんたらだ。犬よりも、親《おまえ》のしつけが必要だ！」

それからすぐに八木沼は車で子供たちを迎えに行った。だが別荘には誰もいなかったらしく、顔色を変えて公民館へと戻ってきた。

心配で待っていた皆で手分けして捜すことにし、美月も糸川と一緒に山へ入ることになった。

◇

美月は急いでSTELLAに戻り、ナップサックにパトロール用の道具一式を詰める。登山靴をはき、夜でも目立つように蛍光色のベストを着た。

パトロール用のハーネスを付けると、スピカにもスイッチが入ったようだ。

時刻はまもなく二十時になる。仕事を終えたサラリーマンが、明かりの灯った自宅へと帰っていく。

車で迎えに行くと、助手席に乗りこんだ糸川が、指を輪の形にして口もとでクイッと上げた。

「早く見つけて、俺たちも一杯やろうぜ」

「焼き鳥BOMBERのジャンボねぎまだな」

街の明かりを横目で見ながら、美月は車を走らせた。

河川敷の駐車場に車を停め、後部座席からスピカを降ろす。

「まずは別荘までの道を辿ってみよう。途中で見つかればいいが、万が一のときはスピカの嗅覚に頼ることになる。だが集中できるのはせいぜい十五分だ。老犬で体力もない。できるだけ私たちで捜そう」

「わかった」

ヘッドライトも一応装備しているが、これは山の奥深くに入ったとき、両手を使えるようにするためのものだ。登山道を歩くあいだは、懐中電灯で広範囲を照らすことにする。

周囲の物音に注意しながら、ふたりと一匹で山道を歩く。十二月にもなると、虫の声さえ聞こえない。夜行性の鳥も、じっと身を潜めている。

空気はだいぶ冷えこんでいるが、美月の手のひらは汗ばんでいた。

万が一、人の気配を見逃してしまったらどうしよう。スピカや糸川というパートナーがいる安心感で、かえって油断してしまわないだろうか。

すると、「ナイトハイクなんて、小学校の野外活動を思い出すよなあ」と、まったく緊張感のない声で糸川は言った。糸川はのんきに話を続ける。

「みんなで歌とか歌ったりして、楽しかったよな。怖さをごまかすためにわざと明るくしていたんだろうけど、野生動物に〝人が近くにいる〟ってことを知らせるための知恵でもあったんじゃないかと思うよ」

会話の中に、さりげなくヒントを入れてくれる。

美月は肩の力を抜いた。すぐに見つかればよいが、時間がかかる可能性もある。そのときこそ、体力と集中力が必要になるのだ。

それに陽華たちだって、誰か助けてくれる人を探しているかもしれない。人がいることを知らせるためにも、にぎやかに話をするのは有効だ。

美月と糸川は、歌いながら歩くことにした。スピカも「アウ～ン」と楽しそうに吠える。

周りの木々はすでに葉を落とし、頭上にはどんよりした夜空が広がっている。木立のあいだには薄い霧がかかっていた。視界があまりよくない。

やがて、山道の分岐点があらわれた。

「ヒダリへ」

スピカを誘導し、先を歩かせる。

分かれ道から先は、だいぶ足場が悪くなっていた。この道は人が滅多に通らないのだろう。丸太を寝かせた階段は朽ち、砕けた破片があちこちに散らばっている。

「着いたぞ」

懐中電灯で照らした先には、三角屋根の山荘があった。やはり明かりはついておらず、人の気配はない。

「陽華ちゃん、いるのか？」

「ユキナちゃん！　サクラちゃーん！」

美月と糸川は、子供たちの名前を呼びながら、山荘の周りを慎重に探った。

扉には鍵がかかっていた。離れも同様である。窓もしっかりと閉められ、侵入できそうな場所はない。

するると突然、スピカが等間隔で吠えはじめた。なにかの気配を感じたらしい。

「ワン！　ワン！　ワン！　ワン！」

スピカのアラートは続いている。美月はスピカが見ている方向を確認し、「ヤメ」と号令をかけた。

腰に下げたポーチをさぐり、クマ撃退スプレーの存在を確認する。この時期、クマは冬眠しているはずだが、暖冬のときなど、ときどき迷い出てくることもある。それに、クマ以外にも、万一のことがあったときに役立つかもしれない。

「アウン！」

突然スピカが、材木置き場のほうに飛びかかろうとした。美月はリードの持ち手を引き、もう一度「ヤメ！」と叫んだ。

「誰か、いますか？」

だが暗闇の中からは、音も声も聞こえない。

美月はスピカのハーネスにつながれていたリードのフックを外した。

「イケ！」

スピカは素早く材木置き場の陰に回る。そして、けたたましい吠え声と同時に、「うわっ！」という男の声が聞こえた。糸川はとっさに美月の体を背中でかばう。

「助けてっ！」

四つん這いになって逃げ出してきたのは、泥だらけのコートを着た、ぼさぼさ頭の中年男だった。男の尻を、スピカがワンワン吠えながら追いかけてくる。

「コイ！」

号令をかけると、スピカは美月の足もとに駆け寄ってきた。

「よーし、いい子だ」

美月はスピカの首をわしゃわしゃ撫でた。

みつけたよ！　えらい？　スピカはそんなふうにしっぽを振る。

男は腰を抜かしたように、呆然とこっちを見ている。噂になっていた不審者だろうか。だが危険がないと察したのか、糸川が男に近づき、腰を落として尋ねた。

「あのー、こんなところでなにを？」

ホームレスといえるほどみすぼらしいわけではなく、また、登山者にしては軽装備だ。男はスピカに飛びかかられたショックで声を出せずにいたが、やがて正気を取り戻し、しくしくと泣きだした。

「なにもかもが嫌になってときどき山へ入ることがある」

鼻をすすりながら男は言った。

仕事がうまくいかない。家にも居場所がない。そんなとき、富士の樹海に入るように、ふらりと山の中に引き寄せられてしまうらしい。

糸川は男の隣に座り、「つらかったんですね」と肩を叩く。糸川に慰められて、男はわんわんと声をあげて泣きはじめた。

しばらくすると男も落ち着いて、「家に帰りたい」と言った。

要救助者、ひとり確保。けれど、捜しに来た陽華たちの姿はどこにもない。

「このあたりで子供を見ませんでしたか？　小学六年生の、犬を連れた女の子三人組なんですけど」

「ああ、その子たちなら……」

男が言うには、小屋の前で見かけたが、声をかけると驚いて逃げてしまったそうだ。

──迷子になったのか？

「糸川」

「おう」

阿吽《あうん》の呼吸で糸川は美月の意図を察してくれる。

「俺はこの人を麓まで送ったら、もういちど下から行く。天野はどうする？」

「私はもう少し、スピカとここを捜す。この山は、動物の侵入防止のために柵が張ってある。あの子たちがそこを越えていくとは考えにくいからな」

お互い気をつけて、と美月と糸川はこぶしを突きあわせた。

救助した男と糸川の姿が見えなくなると、美月は腰を落としてスピカの背を撫でた。

「行けるか？」

スピカは美月の膝に手をのせ、「アウン！」と吠えた。美月はスピカをつないでいたリードを外し、腰に結んだ。

ヘッドライトのスイッチを入れる。すると木立のあいだに、人が歩けそうな道が浮かび上がった。

――よし、行動開始だ。

「サガセ！」

美月の合図と同時に、スピカは鼻を天に向けた。

エア・センティング――空気中に漂う人のにおいを捕まえているのだ。特定の臭気を追う警察犬と違い、災害救助犬は、人間のにおいを無差別にキャッチして捜す。

スピカはしばらくそのまま静止したあと、まっすぐに前を向いて坂道を下りはじめた。

雨が降ったせいで、森の中の湿度は高い。霧もかかっている。だが、今日のような天候のほうが、災害救助犬は能力を発揮しやすい。

頼むぞ。おまえの嗅覚が頼りだ。

美月は祈るような気持ちで、スピカのあとを追った。

スピカはときどき立ち止まり、鼻を上に向けてにおいを捜す。そしてふたたび、歩きだす。

ようやく分岐点まで戻ってきた。ここまでで、もう十五分近く経っている。スピカの集中力も限界だ。

スピカのふさふさの耳が、夜露でしっとり濡れていた。これ以上、無理はさせられない。優秀な救助犬だったとはいえ、スピカは高齢である。

「あとは糸川が戻るのを待つしかないか……」

そのとき、なにかの気配を感じ取ったのか、スピカが「ワン！　ワン！　ワン！　ワン！」とアラートを始めた。呼応するように、林の向こうから「ワン！」と声がする。

「ソラか？」

すると横から誰かが飛び出してきて、美月にぶつかった。

「天野先生っ！」

美月の腰にすがりついてきたのは、ピンクのダウンコートを着た女の子だった。陽華だ。うしろには、ユキナとサクラもいる。

「みんな、無事だったのか！」

「先生！　ソラが！」

三人は涙をためながら叫んだ。

「ソラが林の向こうにあるスクラップ置き場に行ってしまって、戻ってこないんです！」

「スクラップ置き場？」

「それで私たちも、家に帰れなくて……」

以前、陽華とケンタから見せられたことのある、手書きの地図。そこにたしか、『スクラップ置き場』と書かれていた気がする。

ソラの声はすぐ近くから聞こえるが、こっちに来る気配はない。

「もしかしたら、リードがどこかに引っかかっているのかもしれないな。私が見てこよう。みんなはスピカと一緒にここで待っていてくれ」

美月は「マテ！」と号令をかけ、スピカのリードと懐中電灯を子供たちに渡した。

ヘッドライトの明かりをMAXにし、林の中に足を踏み入れる。このあたりの木々は落葉樹で、枯れた葉が足もとに厚く積もっていた。ところどころに低く生えたクマザサだけが、冬になっても青々としている。

足場が土から砂利に変わり、やがて、うずたかく車の積まれたスクラップ置き場にたどりついた。窓が割れ、タイヤも外れた車の山。まるで金属の墓場だ。

どこか近いところで、犬が鳴いている。

「ソラ」

美月の呼びかけに、「ワン！」とソラが応えた。

塗装のはげた赤いクーペの上に、軽トラックがのっている。ここだろうか。ヘッドライトの明かりを弱め、美月はクーペの中を照らした。

アプリコットカラーのトイ・プードルが、運転席にちょこんと座っていた。美月が予想したとおり、リードがサイドブレーキに絡まって動けないでいる。

「いま助けてやるからな」

ガラスがなくなり、枠だけになった錆びた車の窓から、美月は腕を突っこんだ。リード が手に触れるが、ちょっとやそっとでは外れそうにない。おそらくソラがパニックになり、やみくもに走り回ったのだろう。

ソラのリードは、伸縮する細い素材のタイプだ。これは紐を切るか、首輪からフックを外すしかなさそうだ。

クーペのドアロックを外し、ノブに手をかけた。すんなりとはいかなかったが、力をこめて勢いよく引くと、ギシッと音を立ててドアは開いた。

助手席に腰掛け、ソラを抱いてリードを外す。ソラは興奮気味に、美月に飛びかかって頬をぺろぺろ舐めた。

「陽華ちゃんが待っているぞ。さあ、帰ろ――」

そのとき、床が――いや、正確には車の天井が、揺れた。

まずい、と思ったときには遅かった。美月はソラを抱きしめて体を丸める。体の芯まで響くような激震が走った。そしてあっという間に、世界が傾いた。

揺れはすぐにやんだが、乗っているクーペは斜めになっていた。美月が無理やりドアを開けたせいで、積まれていた車のバランスが崩れてしまったらしい。

ガソリンのような危険なにおいはしないが、車体にたまっていた埃でむせる。

頭をぶつけた衝撃でヘッドライトが吹き飛び、壊れたらしい。あたりは真っ暗だ。

スマートフォンの明かりをつけ、出口を探す。だが、ドアは歪んでしまってぴくりとも動かない。力を入れすぎれば、ふたたび車の山が崩れそうだ。

「これは、下手に動かないほうがいいな」

美月は慎重に体勢を整える。そしてスマートフォンで糸川に連絡を入れた。

ふと見ると、手袋に赤黒い染みができていた。ソラのアプリコットカラーの毛も、べっとりと濡れている。

「けがをしたのか？」

けれどその血は、どうやら美月の頭から流れているらしかった。じわじわと痛みが広がる。額に手を当てると、ぬるりとした感触があった。

「頭をぶつけたときに切ったのか。まさか私が、要救助者になるとはな……」

美月は目をつぶる。ぽつんぽつんと水滴が金属に当たる音がした。

自分の血か。それとも、雨か。

――ふと、両親の顔が思い浮かんだ。美月の両親は、七年前のこんなふうに湿った夜に、土砂災害に巻きこまれて亡くなったのだ。

美月が両親と同じような死に方をしたら、糸川も、糸川の家族も、須寺も、とても悲しむだろう。ただ美月の父と母は、娘を誇りに思うかもしれない。小さな命を、全力で守ろうとしたのだから。

不思議と気持ちは落ち着いていた。きっと、腕の中にソラがいるからだろう。

生きているもののあたたかさ。ぬくぬくしたにおい。この子だけは、助けてあげたい。

そのとき、膝が生温かく濡れた。アンモニア臭がツンと鼻に刺さる。

「……あ、こら、オシッコしたな！」

くうん、とソラが情けない声を出す。目を潤ませ、「ごめんなさい、おこっちゃイヤ」と言うように、美月の腕の中で震えている。

たちまち、気が抜けた。

だめだ、だめだ。自分が暗い気持ちになっているから、ソラも不安になったのだ。

美月は楽しいことを考えた。

うまそうな食べ物の映像を思い浮かべる。帰ったら——そうだ、肉を食べよう。焼き鳥もいいが、極上カルビがいい。

カウンターで、回らない寿司を握ってもらうのもありだな。スピカと一緒に、ペット同伴可の温泉に行って、懐石料理を食べて。

それから、ビールが飲みたい。発泡酒ではなく、ジョッキに注がれた生ビールだ。

本当はいまごろ、焼き鳥BOMBERのジャンボねぎまを食べていたはずなのに。糸川の作ったマイタケの豆乳鍋、うまかったなあ……。

美月の腹が、ぐう、と鳴った。食べ物のことを想像したせいだ。人間、こんなときでもちゃんと腹は空くらしい。

「天野——！」

そのとき、遠くから糸川の声が聞こえた。

美月のかわりに、ソラが「ワン!」と返事をする。

「糸川、ここだ!」

折り重なった車の隙間から、光が見えた。

下手に動くと、ふたたび山が崩れかねない。美月は「危ないから近寄るな!」と糸川に警告した。

ガタガタと音がする。糸川はどこからか鉄パイプを拾ってきて、車が崩れないよう支えにしたようだ。そして小さな隙間を作る。

「ソラを頼む」

美月はソラの体を抱え、糸川のいるほうへ差し出した。ソラはバタバタともがいたが、糸川の大きな手が、しっかりとソラの体をつかまえた。

これでひと安心だ。あとは自分を助けてくれるレスキューを待てばいい。

「天野、おまえ、ケガしてるのか? ソラじゃないよな、この血」

動物のケガなんて見慣れているはずなのに、糸川は美月の血を見てひどく動揺しているようだった。

「たいしたことない」

「たいしたこと、なくないだろ!」

本当は、かなり頭が痛い。糸川に見つけてもらい、安心したせいもあるだろう。

「名誉の勲章だ。なにしろ『マメ軍曹』だからな」

「そんなの勲章じゃねえよ！　ケガをするなんて、プロ失格だ！」

頭の傷よりも、糸川の言葉のほうが痛かった。

「あーあ、顔に傷でも残ったら、ますます嫁のもらい手がなくなってしまう」

すると糸川が、コホンと咳ばらいをした。

「大丈夫だ。俺がちゃんと、もらってやるから」

――え？

それきり糸川は黙ってしまった。

二十年以上一緒にいるのに、こんなことを言われたのははじめてだ。

「傷が残らなくても、もらってくれるものだと思っていたが」

余裕のあるふりをして美月はふざける。

すると、懐中電灯の明かりが、ぱっと遠のいた。

「ば、ばかやろう！　なに言ってんだよ！」

美月は笑った。糸川がいまどんな顔をしているのか、見えないのが残念だ。

◇

ミヅキ先生たちにたすけてもらい、ようやくわたしはおねえちゃんたちのところに戻ることができました。

「ソラ、ごめんね……！」

おねえちゃんが、わたしをぎゅうっとだきしめます。

わたしこそ、ごめんなさい。だいじなおねえちゃんをおいて、にげだしてしまって。

しばらくすると、ステラ先生、スバル先生、そしてパパとママがやってきました。

知らないおばさんたちもいます。ユキナちゃんとサクラちゃんのおかあさんみたいです。

「陽華っ！」

ママが、なみだをうかべながらさけびました。

またおこられてしまう。おねえちゃんもわたしも、体をちぢめました。

ところがママは、わたしごと、おねえちゃんをだきしめました。そのあとは、なにも言わず、ただ、ぼろぼろとなみだを流していました。

「ユキナ！」

「サクラ！」

ユキナちゃんとサクラちゃんのおかあさんも、泣いていました。そしてうちのママとおなじように、ユキナちゃんとサクラちゃんを、ぎゅうっとだきしめました。

「心配かけて、ごめんなさい」

ユキナちゃんがあやまると、ユキナちゃんのおかあさんも、「こっちこそ、友達づきあいをあれこれ制限してごめんね」と言いました。

おかあさんたちをこれいじょう争わせたくなくて、どうすればいいか三人でそうだんしていたのだと、サクラちゃんが話してくれました。

「いがったねえ。みんな、無事でいがったねえ」

ステラ先生のえがおを見ているうちに、なんだかわたしはつかれてしまって、ふわふわとゆめのなかに落ちていきました。

「わたし、ほんとうは犬がだいすきなの」

さいごにユキナちゃんの、そんな声が聞こえたような気がしました。

エピローグ

新たな季節が巡ってきた。

今日は田名子公園の芝生広場で、ドッグ・スポーツの祭典が行われている。

桜は満開。参加者は、競技半分、花見半分という感じで、広場にレジャーシートを広げながらのんびり観戦していた。

が、それも自分とパートナー犬の出番が回ってくるまでだ。

「GO!」

「ジャンプ!」

「OK! グッド!」

黄色の柵に囲まれたリンクのなかで、犬と指導手が縦横無尽に走る。

犬はハードルを飛び越え、トンネルをくぐり、平均台を渡って、ループを通り抜ける。

人と犬が一緒に楽しめる『アジリティ』という障害物競走は、ヨーロッパで広く普及しており、日本でも最近人気が上がりはじめているドッグ・スポーツだ。

「こっちだー! メテオー!」

地元野球チームのロゴのついた帽子をかぶり、紺色のポロシャツに黄色いゼッケンをつけた二階堂が、手で犬に合図を送りながら走っている。

二階堂は、怒鳴ったりおだてたりしながらメテオに気合を入れた。だが、当のメテオはのんびりしたものだ。食事療法のおかげで体はやせ、だいぶ引き締まってきたが、基本的に運動が好きではないらしい。

電光掲示板の数字が、一秒ごとに加算されていく。

「こら！　走れ！　メテオ！」

還暦を過ぎた二階堂のほうが、犬と一緒に走った効果か、以前よりも健康的な体つきになっていた。

『制限時間を超えました。すみやかに退場してください』

アナウンサーの無情な声が響いた。柵の周りで見ていた客は、「ああ～」と声をそろえて残念そうにため息をもらす。

「お疲れさま」

ゴール付近で、奥様が二階堂とメテオを出迎えた。これからふたりと一匹で、ペット同伴可の温泉宿に向かうらしい。

そして今日は、糸川とジュピターもラージ部門の初級クラスに出陣することになっていた。今日がデビュー戦である。

「ジュピター、緊張してないか？」

「ワオン！」

「よし、絶好調だな」

大勢の人や犬がいるにもかかわらず、ジュピターに緊張している気配はまったくない。四歳の誕生日を迎えたジュピターは、あいかわらずテンションが高かった。よく言えば、やる気に満ちている。

元気のあり余っているジュピターの能力をどうにか生かせないか。ドッグ・スポーツをいろいろ試した結果、アジリティ競技がぴたりとはまった。

ドッグ・ランで練習をしているうちに、町内の愛犬家も興味を持ちはじめ、アジリティー・サークルをつくるまでとなった。ちなみにいちばん熱心なのは、メテオの飼い主である二階堂だ。暇と金のある団塊世代は、やはり強い。

「ちょっと俺、トイレ行ってくるわ」

糸川が腹を押さえた。

「五分くらい前にも行かなかったか？」

「うるさい。俺はジュピターと違ってデリケートなんだよ」

「まさか、昼に食べた弁当のせいじゃないだろうな」

じつは今日、美月は糸川のために、早起きして弁当を作ったのだ。やはり、慣れないことはするべきじゃなかった。

「あ、いや、たぶん違う。うれしかったし……」

だが糸川は、美月にジュピターのリードを預け、「ごめん！　限界！」と言って公園内のクラブハウスに向かって走っていった。

美月はやれやれ、と肩をすくめた。ロマンティックには、まだまだ遠い。

「美月さーん」

小さなチワワを抱えた、メガネの少年が手を振りながらやってくる。

おっと、もう少年ではないな。西木小井商店街の路地裏にある眼鏡店の息子、三条透也は、今年の春、晴れて大学生になった。都心の大学に進学するか、実家から通えるところにするかずいぶん迷ったようだが、愛犬コッペと離れたくないがために、地元に決めたと言っていた。

対人恐怖症だった父親の三条文也は、今年度から西木小井商店街の役員になったそうだ。ものすごい進歩だが、会合には店員である天王寺が行っているという話も聞く。

昨年の秋、愛犬の北斗を病気で亡くした一之瀬ミラは、焼き鳥ＢＯＭＢＥＲの大将である和久瀬とめでたく結婚し、盛大な式を挙げた。

ペットロスからはすっかり立ち直ったが、新しい犬を飼う気持ちにはまだなれず、いまは妊活に励んでいるらしい。西木小井町に新居を構えてご近所同士になったので、ときどきＳＴＥＬＬＡにお手製のおからクッキーを差し入れてくれる。

『――ゼッケン番号六十四番。犬名《けんめい》ソラ。指導手、五島陽華さん』

水色のスポーツウェアを来た陽華が、ソラと一緒に登場する。彼女ももう、中学生だ。

登下校時にＳＴＥＬＬＡの前の遊歩道を通らなくなったため、会うのは久しぶりである。

ソラはSTELLAを卒業し、いまは糸川警察犬訓練所で本格的なトレーニングを受けている。今日は、その成果を見せる日だ。

スタート地点でソラに「フセ」をさせたあと、「マテ」と手のひらで制止しながら陽華は後退した。ソラはスタートの場所で体勢を低くし、競技が始まるのを待った。

「陽華、ソラ、ファイト！」

フェンスの外で、ユキナとサクラが陽華に声援を送っている。三人はこの春、同じ中学に進み、いまも仲良しだ。

ユキナの母親の犬嫌いは相変わらずだが、対立していた愛犬家たちとは、少しずつではあるが歩み寄りをみせているらしい。

定期的に、住民を対象とした自治体主催のしつけ教室を開催すること。また、ドッグ・スポーツやアニマルセラピーなど、地域振興に犬を役立てること。それらをいま、みんなで話しあっている。

これから西木小井町は、人にも犬にもやさしい街になっていくだろう。


「GO！」

陽華の号令と同時にソラは走りだした。力強く四肢で地面を蹴る。ソラは体は小さいが度胸があり、なによりも飼い主の陽華を信頼している。

陽華もいきいきしていた。おとなしかった陽華は、ソラのトレーニングを自らするようになり、大きな声で言いたいことがしっかり言えるようになった。

ハードルを飛び越え、曲線を描きながら、ソラは次の障害物に向かって走る。地面に置かれたじゃばらのトンネルをくぐり、平均台のスロープも難なく駆け上がる。シーソーもバランスよくクリア。陽華も声を出しながら、ソラと一緒に走る。

勢いあまってコースを旋回することもあったが、順番や方向を間違えることなく、ソラは陽華の指示に的確に従った。

――速い！　いける！

最後のバーを飛び越え、ソラは陽華と一緒にゴールに飛びこんだ。電光掲示板に表示されたタイムは、これまで走った犬のなかで一番だった。

ユキナとサクラが、きゃあきゃあ言いながら陽華とソラのもとに駆け寄る。

いい笑顔だなあ。陽華も、ユキナも、サクラも、ソラも。

「スピカ、おまえもやってみるか、アジリティ」

もともとスピカは災害救助犬だ。障害物競争などお手のものだろう。

スピカは美月を一瞥すると、芝生の上にごろりと寝そべり、春の日差しを浴びながらまどろみはじめた。

いいかげん、引退させてよ。

まるでそんなことを言っているように。

あとがき

犬を連れている人に、「かわいいですね」と声をかけると、ものすごく嬉しそうにしてくれます。つられてこっちまで、ほっこり笑顔になるくらいに。

そして、犬を飼うことに慣れている人ほど、しっかりとしつけをしていることに気がつきます。犬と暮らしていく、ずっと先まで見ているのでしょうね。


「犬よりも、飼い主《アナタ》のしつけが必要よ！」

お話を書くにあたり、このキメ台詞がまっ先に決まりました。

主人公はドッグ・トレーナー。犬のしつけ相談に乗るのが仕事なのですが、同時に犬を見て飼い主自身の悩みを見抜き、解決していきます。

ヒロインの言動や、犬を取り巻く人々の変化に、スカッとしてもらえたら嬉しいです。


余談ですが、今回のお話は、前作『路地裏わがまま眼鏡店』と同じ町が舞台になっています。あのキャラクターがここでも活躍！というスピンオフは、同じレーベルだからこそのお楽しみ。いずれまた、同じ町の、誰かのお話を書くことができたらいいなと思います。

監修をしてくださった岩手大学動物病院の宮田《みやた》先生。

取材に応じてくれた、遠吠館《とおぼえかん》・くんくん幼稚園の坂本《さかもと》さんご夫妻。

警察犬宮城《みやぎ》訓練所の佐藤《さとう》さん。

いつも動物ネタを提供してくれる、旧知の獣医師O先生。

そしてすてきな装画を描いてくださったイラストレーターのあんべよしろうさん。大量の直し作業に根気よくつきあってくれた担当さん。

たくさんの方のお力添えで、最高の作品ができあがりました。ほんとうにありがとうございます。

この本を手に取ってくださった読者の皆様。私がこうして書き続けられるのも、応援してくれる人がいるからこそです。

これからも、わくわくどきどき、そして最後はほっこり心があたたまるような物語を紡《つむ》いでいけたらと思っています。

相戸結衣

この物語はフィクションです。実在の人物、団体等とは一切関係がありません。
本作品は書き下ろしです。

【参考文献】
『子イヌを飼うまえに』イアン・ダンバー（レッドハート株式会社）
『犬に精神科医は必要か』P・ネヴィル（講談社）
『災害救助犬トレーニングマニュアル～あなたの愛犬をレスキュードッグにする方法』
スーザン・ブランダ（ペットライフ社）
『スッキリわかる！　イヌの心理』イヌの気持ち研究会（日本文芸社）
『FBI捜査官が教える「しぐさ」の心理学』
ジョー・ナヴァロ、マーヴィン・カーリンズ（河出書房新社）

【取材協力】（敬称略）
宮田真智子（岩手大学動物病院　しつけ・行動相談室）
坂本徹（ドッグスクール　遠吠館）
坂本利香（パピースクール　くんくん幼稚園）
佐藤雅恵（犬の学校　警察犬宮城訓練所）

相戸結衣先生へのファンレターの宛先

〒101-0003　東京都千代田区一ツ橋2-6-3　一ツ橋ビル2F
マイナビ出版　ファン文庫編集部
「相戸結衣先生」係

ファン文庫

しつけ屋美月の事件手帖
～その飼い主、取扱い注意!? ～

2017年2月20日　初版第1刷発行

著　者　相戸結衣
発行者　滝口直樹
編　集　水野亜里沙（株式会社マイナビ出版）　岡田勘一（マイストリート）
発行所　株式会社マイナビ出版
〒101-0003　東京都千代田区一ツ橋2丁目6番3号　一ツ橋ビル2F
TEL　0480-38-6872（注文専用ダイヤル）
TEL　03-3556-2731（販売部）
TEL　03-3556-2733（編集部）
URL　http://book.mynavi.jp/

イラスト　あんべよしろう
装　幀　黒門ビリー&伏見藍（フラミンゴスタジオ）
フォーマット　ベイブリッジ・スタジオ
DTP　株式会社エストール
印刷・製本　図書印刷株式会社

 ISBN978-4-8399-6185-5
Printed in Japan